Irene Pietsch

Der vierte Alliierte

Mandamos Verlag

© 2018 Irene Pietsch

Umschlag, Illustration: Irene Pietsch

Verlag:
Mandamos Verlag UG (haftungsbeschränkt)
Alte Rabenstr. 6, 20148 Hamburg

Herstellung und Auslieferung:
tredition GmbH
Halenreie 42, 22359 Hamburg

ISBN

Paperback   978-3-946267-39-3
Hardcover   978-3-946267-40-9
e-Book   978-3-946267-41-6

Inhaltsverzeichnis

Es geht doch!

Jedes Jahr wieder wird in Bremen die Eiswette mit der rituellen Frage begangen, ob die Weser „geit oder steit".

Jedes Jahr wieder „geit" die Weser dank technischer Nachhilfe.

Jedes Jahr wird wider besseren Wissens gewettet.

Jedes Jahr wieder muss der Verlierer der Wette ein Gastmahl für Kaufleute und Diplomaten, die Schaffermahlzeit, im Bremer Rathaus ausrichten.

Wenn man als Autorin die Welt verbessern will, muss man sich auf einiges gefasst machen. Buchstabe für Buchstabe, Wort für Wort, Satz für Satz, Buch für Buch. Immer wieder.

Hamburg 2018

Irene Pietsch

Warum ich?

1

Ich bin kein „homo politicus",
obwohl ich den vierten Alliierten für mich entdeckt habe. Wer
auf wen zugekommen ist – schwer
zu sagen. Wahrscheinlich kam einiges zur richtigen Zeit zusammen. Da machte es „Clic".

Ich wäre mutig, wurde gesagt,
als ich mein erstes Buch veröf-
fentlicht hatte. Es handelte unter dem Titel: „Heikle Freundschaften – Mit den Putins Russland erleben" von dem vierten
Alliierten, der Sowjetunion, die
wir heute als Russische Föderation erleben.

Ich habe das Lob - oder war es versteckte Kritik? - abgelehnt. Hier und da habe ich wohl Zivilcourage gezeigt - aber Mut? Ich bin keine Heldin. Ich habe allerdings ein gutes Gedächtnis mit einer entsprechenden Kombinationsgabe. Das mag manche hin und wieder verblüffen.

Ich bin eine sogenannte und auch wirkliche 45igerin, das heißt: im Jahr des Zusammenbruchs von Hitler Deutschland geboren und ein 68igerin, was soviel bedeutet, dass ich vehement gegen die beengenden Auswüchse der Zeit und ihre Gestalter rebellierte, in die ich hineingeboren wurde und in der ich aufwuchs.

Alle Bücher, die sich Deutsche in den ersten Nachkriegsjahren vor die Nase hielten, alle Zeitungen und Zeitschriften waren zuvor von den Zensoren der alliierten Besatzungsbehörden Englands, Frankreichs und den USA gesichtet worden, so auch die Geschichtsbücher. Je nach Zone, in der man lebte, wurde mal mehr rechts, mal mehr links erlaubt. Die westlichen Alliierten zensierten nicht konform, sondern nach jeweils eigener Interessenlage, aber in der übereinstimmenden Überzeugung, dass Bücher die Basis für eine neue Generation von Hoffnungsträgern der Freien Welt waren und sind.

2

Die Sowjetunion, die vierte Sie-
germacht, deren Anteil am Zu-
standekommen des Weltkriegsen-
des höher war als bei allen anderen drei Siegerkollegen, wurde
denn auch korrekterweise in den
Geschichtsbüchern genannt, aber
im Verhältnis zu ihrem Verdienst
recht marginal.

In ihrer Zone, der späteren DDR,
sorgte sie dafür, dass diese
Sicht zurechtgerückt wurde. Dort
rangierte die UdSSR nicht weit
hinter Ottonen, Welfen und Preußen, sondern Lichtjahre davor.
Weitere Übertreibungen nach

Westen und nach Osten hin nicht ausgeschlossen.

Die Interessen der drei westlichen Alliierten und des Vierten im ursprünglichen Bunde schienen nun nach Ende des Zweiten Weltkrieges unüberbrückbar auseinanderzuklaffen. Der sowjetische Herrschaftsbereich wurde rundum zum „no go area" deklariert. Staatsbesuche der Sowjets in eindeutig als westlich definierten Staaten - undenkbar. Die internationale Bühne war für sie die UNO Vollversammlung am East River in New York. Ob sie gekommen wären, wenn es sich um den West River gehandelt hätte?

3

Die Bundesrepublik war konservativ=schwarz dominiert. Rot galt als krasser Fehlgriff, jugendlicher Leichtsinn oder schlechter Geschmack, der manchmal schuldlos ererbt ist, wie beispielsweise bei den Hanseaten in den ehrwürdige Stadtstaaten Bremen und Hamburg, wo die Grundfarben der Flaggen Rot und Weiß sind.

Der Hamburger rechtsrechtensliberale Axel Cäsar Springer, einer der wenigen bundesdeutschen Männer mit Stil und Niveau im internationalen Jetset, war bei der Verbreitung dieser bürgerlichen Geschmacksfibel ganz vorne an der Spritze, obwohl auch ihm bekannt gewesen sein dürfte, dass Bremer Speck eine Spezialität ist, nach der so mancher Hamburger gerne mit der Grützwurst wirft.

Bremen hatte bereits sehr früh mit Russland Verhandlungen wegen so genannter Raubkunst aufgenommen. Es ging um die Verschleppung von deutschen Kunstwerken und Kulturgütern.

Die Sowjets hatten einen Großteil der wertvollen Kupferstichsammlung der Bremer Kunsthalle, die von Gustav Pauli angelegt worden war, in die Sowjetunion „verbracht". Gustav Pauli war sowohl Direktor der Kunsthalle

Bremen als auch der Hamburger gewesen. Nicht zur gleichen Zeit, aber gleich hintereinander. Jetzt besonders wiedergesucht: Original Radierungen von Albrecht Dürer und Rembrandt.

Hamburg wurde nicht in Moskau vorstellig, hat aber ebenfalls ein Kupferstichkabinett. Es ist so umfangreich, dass nur angelegentlich Exponate ausgestellt werden können. Ansonsten ruht die vor einigen Jahren neu geordnete und archivierte Sammlung in Räumlichkeiten, die für Studien geeignet sind.

Die Sowjetunion fand gar nichts verhandelbar. Die Russische Föderation öffnete einen kleinen

Spalt ihres großen Potentials an gutem Willen, machte aber wieder dicht, als per on dit zu ihr durchdrang, dass es in Bremen eine ernst zu nehmende Spur des noch immer als Nationales Kulturerbe geltenden Bernsteinzimmers aus dem Katharinenpalast in Zarskoje Zelo unweit von St.Petersburg gäbe, der gebrandschatzt und geplündert worden war und Bremen keine Anstalten machte, freiwillig dem Hinweis nachzugehen, was dann – nolens volens – anderen überlassen bleiben musste.

Bremen kühner als Hamburg?

Die erste Partnerstadt Hamburgs, als Partnerstädte allüberall en vogue wurden, war das knallrote Leningrad, das ungefähr vier Dekaden später wieder in St. Petersburg umbenannt wurde.

St. Petersburg, die Stadt aus den Gründerjahren Peters des Großen und im Wechsel mit Moskau immer mal wieder für längere Zeit Hauptstadt, ist sowohl Handels- als auch Kriegshafen, Zentrum von Revolutionären, Intelligenzija, Kunst und Kultur und ist Sitz von wichtigen Instituten und Institutionen, internationalen Konferenzen von Belang und Runden Tischen.

Jetzt, als Präsident, versucht Putin die alten Rivalen St. Petersburg und Moskau zu befrieden. Nicht nur, dass er selber in beiden Metropolen einen Wohnsitz unterhält und Teile der Kreml Administration nach St. Petersburg verlegt hat, er lädt auch Staatsbesuche nicht mehr ausschließlich auf seine Datschensiedlung vom Vereinschapter Burgen Moscow City ein.

Nicht viele im St. Petersburger Smolny hätten so viel Großmut erwarten dürfen, nachdem dort eine unsägliche Geschichte aus dem Lehrbuch der politischen Tücken ihren unguten Hürdenlauf genommen hatte, dessen Sieger hinter dem Ziel Putin hieß.

Der Verlauf der Rennstrecke:

St. Petersburg hatten die ökonomischen Instrumente von Perestroika und Glasnost schwer getroffen. Hilfe war angesagt. Die Leningrader Blockade der Deutschen Wehrmacht, durch die Hunderttausende den Hunger- und Erfrierungstod erlitten, war das Gewissen. Hamburg reagierte als sehr bescheidene Wiedergutmachung für das Unrecht mit Hilfsgütern aller Art. Deren Verteilung nach gelenktem Gießkannenprinzip, wie es nach Öffnung der Grenzen für Hilfskonvois aller großen karitativen Verbände, geschehen war, sorgte zwar zunächst für Erleichterung der Stresssituation, öffnete aber gleichzeitig Korruption und Geldwäsche Tor und Tür. Es galt, diese Nebenerscheinungen von Benefizaktionen möglichst im Keim zu ersticken.

Erster Stellvertretender Bürgermeister der Metropole St. Petersburg war zu der Zeit Wladimir Wladimirowitsch Putin, der im Einvernehmen mit seinen Kollegen Stellvertretern die lockeren Schrauben anzog. Das rief Widerstand hervor, obwohl man hätte dankbar sein müssen.

Es kam schließlich, wie es die wenigsten gewollt hatten: für Anatolij Sobtschak und Wladimir Putin sowie ihre Getreuen gab

es in St. Petersburg keine rele-
vanten politischen Posten mehr.

Bei der bald nach dem Moratorium
über den Missbrauch von Transit-
strecken anstehenden Landtags-
wahl gewann nicht, wie vorab öf-
fentlich propagiert und erwartet, Oberbürgermeister Anatolij
Sobtschak, sondern einer der Putin nachgeordneten Stellvertre-
ter, auch ein Wladimir. Der
hatte sich zur Verwunderung angeblich aller noch auf den letzten Drücker aufstellen lassen.

Die offizielle Diktion für den
Überraschungscoup: Verrat.

Anatolij Sobtschak flüchtete bei
Nacht und Nebel nach Paris. Sein
Ziehsohn Putin soll ihm dabei

geholfen haben. Das ist einleuchtend. Sobtschak und Putin hatten schon zu einem relativ frühen Zeitpunkt versucht, russische Eliten aus dem französischen Exil zurück nach Russland zu holen, darunter Zarennachfahren. Emissärin war die Gattin Sobtschaks gewesen, die Schauspielerin Ljudmila Narusowa. Ebenfalls Mitglied der Delegation: Ljudmila Putina.

Sobtschak selber konnte den kometenhaften Aufstieg von Wladimir Putin und dessen Freund Dmitrij Medwedjew nur noch vom Krankenlager aus mit begleiten. Er starb zu Beginn des neuen Jahrtausends.

Lieben Sie Rimski?

1

Fritz Molden, der Verleger meines Buches „Heikle Freundschaften – Mit den Putins Russland erleben" war nicht nur doppelköpfig wie der österreichische Heraldikadler, sondern ambivalent wie ein nach den international anerkannten Vorschriften des Washingtoner Artenschutz-Übereinkommens selbstkontrolliert putzsüchtiges Chamäleon.

Wichtig für mich: Molden war unter anderem für seine ausgezeichneten Ostkontakte bekannt.

Dr. iur. Karl Osladil, stellvertretender Generaldirektor und späterer Aufsichtsrat eines österreichischen Konzerns mit Sitz in Wien und guter Freund von meinem Mann und mir, war deswegen an Molden herangetreten, nachdem mehrere deutsche und österreichische Verlage abgesagt hatten.

Bei allen war der Grund eindeutig politischer Natur gewesen. Keiner hatte sich durch eine möglicherweise unbeliebte Entscheidung – bei wem auch immer – die Finger verbrennen wollen, zumal einige bereits allseits bekannte Kreml Auguren unter Vertrag hatten.

Wladimir Putin selber kam mit einem Autorendebüt auf den Markt. Der suggestive Titel des

Buches: „Aus erster Hand". Es störte meine literarischen Kreise nicht im geringsten, wie hätte vermutet werde können. Ganz im Gegenteil.

Seine Autobiografie spielte mir in die Hände. Ich wurde in allen Punkten bestätigt, lediglich in einem einzigen Pünktchen wichen unsere Darstellungen aufgrund unterschiedlicher Quellen voneinander ab, beide authentisch, beide glaubwürdig. Eine interessante Zwickmühle, die wenig interessant gelöst wurde. Nachdem das Putin Buch erschienen war, wurde mein Buch nicht als objektive Ergänzung, sondern wie ein Tabu behandelt.

Nur Molden, der frühere Medienzar, von dem es hieß, er sei der österreichische Axel Cäsar Springer, was einerseits richtig und andererseits grundfalsch war, zeigte sich selbstbewusst und stemmte sich gegen die allgemeine Russland Phobie, deren Gradmesser nicht zuletzt Axel Cäsars „Bild" war.

Molden und Axel Cäsar Springer kannten und respektierten sich mal mehr, mal weniger. Gute verlegerische Kontakte unterhielt Molden jedoch zu Rudolf Augsteins Jugend bewegendem, linkslinken „Spiegel".

Er war der Überzeugung, dass ein Buch es ökonomisch geschafft hat, wenn es sich auf der „Spiegel" Bestseller Liste einen der ersten Plätze erobern kann oder ihm ein Artikel im „Spiegel" gewidmet wird. Das würde - als Mehrwert zum verlegerischen Erfolg - Russlands menschliches Gesicht im Nullkommanichts in die wichtigsten Schichten der wichtigsten Industrienationen, in denen die Lektüre des „Spiegel" Gebot ist, transportieren.

Theoretisch hätte es somit sein können, dass Fritz Molden Anatolij Sobtschak verlegt hat, wie er in einem Nebensatz erwähnte, obwohl ich ihn nicht sofort im Molden Verlag ausfindig machen konnte, zumindest nicht direkt, aber über fünf Ecken. Ein Werk des St. Petersburger Oberbürgermeisters war 1996 bei Ibera & Molden Wien erschienen. Der Titel des Buches „Russland nach dem Kommunismus, Chaos oder Demokratie" rief bei mir einige Verwunderung hervor.

Hatte Sobtschak, der Juraprofessor an der Leningrader Alma Mater, dem Kommunismus ganz und gar abgeschworen?

Russland hatte sich einerseits in einem „Russischen Frühling" befunden, aber keineswegs in einem Frühlingserwachen vom Sowjetsystem, was Sobtschak sich wohl wünschte und nicht bereit war, auf dem Weg dahin doch noch eine Kehrtwende zu vollziehen. Ihm war die gepriesene Demokratie nicht so ungeheuerlich wie manchem anderen, obwohl anzunehmen ist, dass auch er keine wirkliche Vorstellung davon hatte, wie eine Demokratie gelebt werden muss.

Es wäre wohl zum besseren Verständnis sowohl für seine Landsleute als auch für den Westen gewesen, wenn er statt der rhetorischen Frage im Buchtitel ein Synonym für Demokratie aus dem Ursprungsbereich von Pelmeni und Schampanskij, dem theatralischsten aller Getränke außer reinem Quellwasser, erfunden hätte.

Wann hatte Sobtschak das Manuskript überhaupt erstellt? Noch vor oder gleich nach der Transformation von der Sowjetunion in die Russische Föderation?

War er damals selber bei Molden in Wien gewesen?

Welchen Einfluss hatte das Buch auf die Wahrnehmung der Entwicklung in Russland?

„Russland nach dem Kommunismus – Chaos oder Demokratie" kann nur Insidern bekannt gewesen sein, die als Multiplikatoren keinesfalls zu unterschätzen gewesen sein dürften, wenn sie sich denn als Multiplikatoren zur Verfügung haben stellen wollen.

Wer hatte das Buch bezahlt?

Devisen waren im Russland der neunziger Jahre äußerst knapp gewesen. Im Grunde hatte sich nur jemand eine Auslandspublikation leisten können, der ein Amt wie Anatolij Sobtschak, der erste Oberbürgermeister St. Petersburgs nach der russischen Wende, innehatte.

Hatte Sobtschak eine Art Altersvorsorge schaffen und sich mit Hilfe von außen für höhere Weihen empfehlen wollen?

Hatten Molden und Sobtschak gemeinsame politische Interessen gehabt? Unter Umständen bei der Reanimation von Adelskontakten aus Vorrevolutionszeiten?

Wenn Sobtschak Molden so weit vertraut hatte, dass er ihm ein brisantes Manuskript zur Zukunft Russlands überließ, bestand zumindest die Möglichkeit, dass Fritz Molden bereits zu dem Zeitpunkt auch Wladimir Putin, den ehemaligen Studenten der Jurisprudenz im Fachbereich von Prof. Sobtschak, kannte.

Die Putins fuhren damals gerne mit Sack und Pack zum Skilaufen auf Österreichs Gipfel, wo sich Wladimir Putin - kommunikativ wie er nun mal ist - mit dem Bürgermeister des Skiortes anfreundete.

2

Wer Sobtschak verlegt hat und über ein nicht unerhebliches Herrschaftswissen verfügt, weiß vielleicht noch mehr, vielleicht sogar etwas über Orthodoxie, russische Musik und Kunst, war mein erwartungsfrohes Kalkül.

Fehlanzeige. Kunst musste warten. Wie zuvor, als mein Mann und ich bei den Putins in Moskau waren. Auf meine Bitte hin, wandte sich Putin an die Tretjakow-Galerie. Sie hatte eigentlich Ruhetag, öffnete aber für uns einige Räume.

Die Überraschung: eine umfangreiche Ikonensammlung.

Im Mittelpunkt: Andrej Rubljows Dreifaltigkeitsikone – der Rubljow, nach dem eine der wichtigsten, Prunkvillen bestandenen Zubringerstraßen zwischen Moskau Zentrum und den schicken Vororten benannt ist.

Die Ikone ist ein Meisterwerk an Umsetzung von Philosophie und Geschichte des Alten und Neuen Testaments. In Russland wird von ihr einfach von der „Troize" gesprochen und jeder, der einen Funken Glauben hat, weiß sofort, welches Hauptwerk der Orthodoxie sich hinter dem Namen verbirgt. Wie bei einem Bühnenstar.

Es heißt, dass Russland untergehen wird, wenn „die Troize" die

Grenzen Russland verlässt, was wohl für manchen Feind hätte Anreiz sein können, genau das zu probieren und die Frage aufwirft, wo sie denn bei Napoleons Attacken, den Revolutionswirren und während des ersten und zweiten Weltkrieges überlebt hat.

Die Tretjakow-Galerie, das ehemalige Stadtpalais eines Kunstsammlers, dem die Revolution übel mitgespielt hatte, stand beileibe nicht immer besonderen Exponaten der russisch orthodoxen Kirche zur Verfügung.

Erst mal sehen und staunen – und dann fragen, wenn sich eine passende Gelegenheit ergibt.

Die kam. In Berlin. Nahe dem Nikolaiviertel. Eine russisch organisierte Einzelausstellung in einer sogenannten Kulturkirche des Berliner Ostes.

„Ah – Rubljows „Dreifaltigkeit".

„Sie kennen sie?"

„Etwas."

Zögern. Verunsicherung. Dann:

„Dieses hier ist eine Kopie."

Hat Napoleon doch das Original…?

Aber Sire, wer wird sich an einer Ikone vergehen!

3

Napoleon! Erst verehrt, dann der Schrecken Europas - und nicht nur Europas.

Wien und Napoleon? Eine Mesalliance auf höchster Ebene. Ein Metternich musste kommen, um Österreich vor Schlimmerem zu bewahren. Seitdem sind der Name Metternich und Wien untrennbar miteinander verbunden.

Der zunächst beinahe mittellose Fürst aus dem Westen verdiente gut als Think Tank einer florierenden Kongressagentur, die das Stadtsäckel Wiens schließlich so anämisch ausschauen ließ, dass er trotz aller Meriten geschasst wurde, worauf er sich auf ein Weingut in Rheinland-Pfalz zurückzog und ehrenamtlicher Winzer wurde.

Molden focht das alles nicht an. Zwischen ihm und einer späteren Fürstin Metternich hatte es aber wohl geradezu Dauerfunkeln gegeben. Die Metternich war eine deutsch verheiratete altrussische Größe in alternativlos alterslosem Alter von rund um achtzig Lenzen plus.

Sie tadelte meine mangelnde Untertänigkeit, mit der ich ihrer Meinung nach Putin beschreibe.

„Einem Präsidenten Russlands muss mehr Respekt entgegen gebracht werden."

Es klang nach O-Ton Ljudmila Alexandrowna während ihres letzten Hamburg Besuches, der eher einer Stippvisite geglichen hatte. Die Putina war hochgradig nervös und gereizt gewesen, als ob sie bereits mit dem ungefähren Wissen schwanger gegangen wäre, sehr bald eine der am meisten beneideten und unfreiesten Frauen Russlands zu sein.

Einen Witz über den amerikanischen Präsidenten hatte sie ähnlich abgeschmettert wie Tatiana Metternich meine Anmerkungen über Putin, den ich im übrigen mit viel Hochachtung als jemanden beschreibe, der sich in den Hierarchien von ganz unten nach ganz oben arbeiten musste.

Was meinte die Metternich wohl — sie, die Russin, aus besseren Kreisen, in denen umgangssprachlich Körperausscheidungen noch nicht einmal als Schweiß und Kot vorkamen - wie das Volk im zaristischen Russland vom Bäuerlein bis zum armen, landfahrenden Künstler, Handwerker und Arzt kommuniziert hat, wenn nicht gerade die Mütze gezogen und demütig dass Knie gebeugt werden musste, bis die Herrschaft vorüber, vorbei und hinweg war?

Offen blieb auch, ob die unqualifizierte Kritik – von Molden später als „leichte Kritik" eingestuft – ausschließlich auf Wladimir Putin bezogen war oder sie mich auch abgebürstet hätte, wäre ich in die Verlegenheit gekommen, einen anderen russischen Präsidenten aus Sicht einer unbeteiligt Beteiligten zu beschreiben.

Eine – wie auch immer demokratische – Zarenkürung stand nach meinem Dafürhalten in nächster Zukunft nicht zur Debatte.

Ob es durch sie wirklich Kirill aus Paris, der das Adelsforschungsteam von Oberbürgermeister Sobtschak empfangen hatte, werden würde und nicht doch die direkten Nachkommen des Großfürsten Kyrill Romanow in den Reihen der Preußen, die nach dem Krieg bei Bremen eine Bleibe fanden, wäre noch zu prüfen.

Außerdem galt es noch einige andere Anwärter zu beachten. Die Dänen zum Beispiel und Sachsen-Coburg-Gotha vielleicht auch.

Wladimir Putin war bald nach seiner ersten gewonnen Wahl zum Präsidenten der Russischen Föderation zu einem Arbeitsbesuch nach England gereist. Das allein war bemerkenswert, wurde jedoch gekrönt von einer Privataudienz bei Königin Elizabeth II.

Die Monarchin lieh Wladimir Putin - trotz sehr kurzfristiger Anmeldung – ihr Ohr.

Aus der Gesamtkonstellation des Besuchsprotokolls darf gefolgert werden, dass die britische Regierung mit der Königin beraten hatte, ob Putin empfangen werden sollte. Über den Zweck des Besuches wurde von allen Seiten Stillschweigen gebreitet. Er muss aber wohl ungeachtet des inoffiziellen Charakters auch für Deutschland von Interesse gewesen sein.

Die öffentlich-rechtlichen TV-Sender Deutschlands berichteten in den Hauptnachrichten so ausführlich wie möglich. Trotz der

Kürze des Clipses war gut zu erkennen, dass der Polityoungster
Wladimir Putin, Präsident der
Russischen Föderation, sichtbar
nicht das geringste Lampenfieber
hatte und nicht vorsichtig neugierig die royalen Gefilde des
Buckingham Palastes sondierte,
sondern eine Zielsicherheit zu
Tage trug, als habe er vorher
den Lageplan des Palastes mit
allen Haupt- und Nebenstraßen
genau studiert.

4

Vor dem weniger sinnenfroh kul-
tigen als getragen bedeutungs-
schweren „First Afternoon of the
Proms" mit der Queen hatte Putin
noch seinen Auftritt im Deutschen Bundestag, dem ehemaligen
Reichstag. Er ist ein Berliner
Mahnmal besonderer Art. Von hier
wurde die Demokratie versucht.

Der Bundestag, vor dem Putin als
erster Präsident der Russischen
Föderation sprach, war bis auf
die Plätze parteilich gebundener
Protestfernbleiber und – oder –
seltenen, wie auch selten glück-
lichen Einzeldarstellern fast
wie ein Plenum besetzt, wenn das

Plenum an deutschen Nationalfeiertagen oder zu besonderen Würdigungen als Plenum zusammen gerufen wird.

Putin stand vor dem schwarz-rotgoldenen Reichsadler, der die Stirnseite des gut gepolsterten Plenarsaals schmückt und grimmig zur Seite schaut, als schäme er sich des gewaltigen Stusses, der da so manches Mal zusammen gestümpert wird.

Beim angesagten Auftritt des russischen Präsidenten gab es nichts zu monieren. Putin kam, sah und sprach - Deutsch. Beinahe akzentfrei. Nur eine Kostprobe seines Könnens. Dann setzte er seine Ansprache auf

Russisch fort. Er verbalisierte Geschichte. Ganz von selbst und sehr fest. Die Metternich hätte er dazu nicht gebraucht und hat er bestimmt nicht vorher konsultiert, aber bei der Metternich soll er auch gewesen sein, ließ mich Molden in der Hoffnung wissen, ich würde die Metternich Kritik dann unter einem anderen Gesichtspunkt sehen, was ich nicht tat. Hätte er bei einem Agnelli angefragt – ja.

Putin kannte die Familie. Das wusste ich aus erster Hand. Die Metternich war mir - bei allem Respekt vor Moldens Bemühungen - allzu weit her geholt.

„Die Fürstin Metternich in Hamburg? Nie!"

Das war ich.

„Warum nicht?"

„Die Hamburger stehen nicht da drauf."

Ich berief mich auf den ungebrochenen Stolz der Freien und Hansestadt Hamburg.

„Dann in Wien." Das war Fritz Molden, Mr. Important.

Ich riet Molden ab, obwohl ich in Erwägung zog, dass der Name unter gewissen Umständen Aufsehen erregen könnte. Ihre Anwesenheit wäre meiner Meinung nach in erster Linie ein Zeichen in die falsche Richtung gewesen.

Er schrieb die Metternich trotz meiner ablehnenden Haltung an und erhielt eine maschinenge-schriebene Absage mit der hand-schriftlichen Anrede „Lieber Fritz", was er mir stolz wie ein Primaner zeigte.

Weitere Begleiterscheinung von Bedeutung: Ich sollte nunmehr selber für einen erstklassigen Referenten in Hamburg sorgen, was mir nach meiner felsenfesten Überzeugung, die Hamburger Ver-hältnisse einigermaßen gut zu kennen, nicht dramatisch schwie-rig schien. Schließlich waren Mutter Putina und ihre beiden Gössel bei uns ein und aus ge-gangen und hatten mit uns Freu-den und Sorgen geteilt.

Offenbar war das Problem so groß, dass ich es ohne Lupe nicht erkennen konnte. Mir wurden aber bald die Augen geöffnet. Ich fand unter allen in Frage kommenden Prominenten und Persönlichkeiten aus unserem Bekannten- und Freundeskreis keinen einzigen, der sich vorzuwagen bereit war.

Mein Mann erwog, nach einer klärenden Begrüßung das Einführungsreferat selber zu halten, was dann doch nicht notwendig wurde. Fritz Molden, der alte Kämpe aus dem Faschismuswiderstand, erklärte sich nach kurzem Zögern bereit, persönlich in die Arena zu steigen.

5

Nach der Absage der Metternich hatte Molden Christine de Grancy aufgetan, eine bekannte Fotografin, die gerade von einer Reise an die Wolga zurückgekommen war, wo sie den russischen Lebensstrom entlang Land und Leute mit Seele fotografiert hatte, woraus ein fotografisches Fries entstanden war, das sie mehrdeutig „Wolga-Welten" nannte: der große Stolz von Russen auf ihr Land und seine Errungenschaften.

Die Eckdaten für die Veranstaltung: sie nicht länger als zehn, ich nicht länger als dreißig Minuten, entschied ich gegen

Moldens Vorstellung von einer Mammutlesung. Ob er geahnt hatte, dass der Einstieg in mein Referat die Intonation von „Bitt'-schön" werden würde, die ich - voller Faszination für die Artenvielfalt - mit Andacht von seinen Lippen gelesen und die jeweilige Tonfärbung verinnerlicht hatte - oder hatte er Christine de Grancy bereits zuvor erzählen hören? Ging er von sich aus, der so langsam sprach, dass ich ständig fürchtete, das letzte Wort würde ohne Nachhilfe nicht mehr vor Sonnenuntergang aus seinem Mund entweichen? Ich unterbrach ihn während unserer Unterredungen mehrfach, indem ich einen Satz vollendete, wie ich dachte, dass er ihn sich dachte, was wahrscheinlich selten stimmte und auf jeden Fall furchtbar unhöflich, aber dennoch hilfreich war.

Christine und die Wolga in zehn Minuten?

„Russland kann man nicht verstehen... An Russland kann man nur glauben."

Der historische Top Diplomat Fjodor Iwanowitsch Tjuttschew, des Zaren Vertreter am Hof von Turin, hat diese viel zitierte, oft beschworene Maxime dem Inhalt nach in einem politischen Essay im 19. Jahrhundert formuliert und eine Anleitung dazu gegeben, die heute noch tauglich ist, Grundzüge der russischen Mentalität und einen daraus resultierenden Umgang miteinander zu studieren.

Alles gewusst wie oder was?

Die Oligarchen, von denen es in Russland innerhalb kürzester Zeit mehr gab als je in einem anderen Land mit vergleichbar reichen Bodenschätzen, sollten dazu bewegt werden, kreativ an der Gestaltung des Staates mitzuwirken, um die Russische Föderation vor einem totalen Absturz zu bewahren.

Die leidige Tatsache: Die Wirtschaftsreform verlangte noch mehr Opfer vom Volk.

Die meisten Oligarchen, die an-
gesprochen wurden, um sie für
Investitionen im eigenen Land zu
gewinnen, kamen nicht zur er-
wünschten Vernunft. Das Kapital
floh ins Ausland. Es kam einem
Verrat gleich, das schwerste
Vergehen, was ein Russe einem
anderen außer Trunksucht vorwer-
fen kann. Ernst zu nehmende Dis-
krepanzen zwischen Regierung und
freier Wirtschaft wurden ruch-
bar. Es wurde über Maßnahmen
nachgedacht. Die Korresponden-
zen darüber warfen kein freund-
liches Bild auf das Gebaren der
sich behakenden Parteien.

6

Ich selber hatte bereits versucht, bei Anzeichen von Verstimmungen gegenzuhalten und versuchte es weiter. Der Testfall für mich: die Präsentation meines Buches im „Eroica"-Saal des Lobkowitz-Palais in Wien.

Die Scheinwerfer strahlen in die falsche Richtung. Ein Techniker ist nicht vor Ort. Mein Mann muss Hand anlegen. Oh Gott! Und das im guten Zwirn!

Zweite Änderung: das Mikro muss weg. Mit Mikro geht die ganze Optik kaputt. Ich sehe das Publikum nicht und das Publikum meinen Kopf bis Mitte Nase. Das mag gut sein, aber auf die Dauer einer Lesung unbefriedigend.

Das Mikro bleibt, wo es ist. Es ist auf einem Stativ, das genau deshalb so heißt. Es steht dort wohl schon seit Jahrenden und wird nach bestem Vermögen und Unvermögen bekämpft. Ihm jetzt zur Seite: ein traumhafter Blumenstrauß wie für die Empfangshalle eines Grand Hotels, dessen Umfang in Kubikmetern gemessen werden könnte.

Prof. Kleanthis Roussos und seine Frau, Freunde aus Athen, hatten ihn statt der üblichen Eulen schicken lassen, bevor sie selber als Fackelträger des neuen Attika die Freitreppe zum „Eroica" zur Hörprobe herauf joggten.

Der „Eroica" ist nicht besonders groß, eher ein intimer Saal für Privatkonzerte vor einem kleinen, exquisiten Kreis von Kennern und Gönnern. Zumindest für erstere ist die Akustik erstaunlich schlecht. Noch erstaunlicher oder Beweis: es hat nie an Gönnern gemangelt, gelegentlich aber wohl an Kennern.

Beethoven hat Gott sei Dank nicht gehört, was bei seinem Publikum auf Empfang ging, als er just hier die Klavierpartitur seiner „Schicksalssinfonie" zum

allerersten Mal zur Kenntnis gebracht haben soll.

Klopfen ans Mikro.

„Kann man mich verstehen?"

Mein Mann sagt „Ja", aber da ist
der Saal bis auf den Blumenstrauß vorne neben dem Katheder,
meinen Mann und mich, noch leer.

Im Foyer warten Freunde aus Hamburg mit einem Konvoi guter Wünsche: Claus und Renate Danger
als die hanseatische feste Burg.
Streng protokollarisch, kein
überflüssiger Klimbim.

Die Dangers und die Roussossens
bei meiner Präsentation – was
kann schief gehen?

Ich bin mental gerüstet, meine karierte Seidenjacke sitzt wie imprägniert. Das Konzept habe ich auf meinem Stuhl deponiert. Ich gehe wieder ins Foyer.

Keiner buht. Stille wie bei einer heiligen Wandlung ist allerdings auch nicht zu vernehmen.

„Oh Gott, wer hat mein Manuskript gesehen?"

Mein Mann hat eine 1:1 Kopie und hat sie nicht vergessen.

Anwesend sind einige elegante Wienerinnen und Wiener, auch das Ehepaar Traudl und Dr. Karl Osladil. Keine sieht dirndelig aus, wenn auch die Begleitung Jankerl trägt.

Molden stellt mich nicht vor, aber ein oder zwei Paare nähern sich mir vorsichtig, als ob ich beißen könnte.

In Österreich gilt Beißkorbzwang. Trage ich etwa so etwas?

Ich möge das Buch signieren, lassen mich ein oder zwei Paare wissen. Es kommt zu längeren Konferenzen über die erwünschte Widmung. Die Namen hören sich schwierig an. Ich bitte darum, mir zu buchstabieren.

„Aha – ich verstehe."

Ich verstehe immer noch nicht wirklich, aber es klingt in etwa wie „Mähjer" oder „Schmittl" auf Tschechisch.

Schließlich ätzend freundlich: *„Schreiben's einfach: ‚Für die Nichte'"*. Fehlt nur noch der Zusatz: *„Weil Sie zu blöd sind, uns zu verstehen."*

Ich kenne die Klassifizierung von meiner Tante Alice mit ihren riesengroßen Ohren, an deren riesenlangen Läppchen auch noch riesenlange Ohrgehänge appliziert waren, die beinahe bis zu ihrem spitzigten Kinn reichten.

„Zum Geburtstag, bitt'schön."

„Bitte!"

„Warten's."

Ich halte meinen Tintenkuli schon seit mindestens 90 Sekunden in Bereitschaft.

„Schreiben's: ‚Für … zum Geburtstag."

„Wie heißt sie?"

Ich verstehe wieder nicht.

„Sagten Sie nicht ‚Nichte'?"

„Lassen's – es geht auch schon so. Schreiben's einfach…"

Ich schreibe einfach.

Herr und Frau... können sich etwas darauf einbilden, dass ich so schreibe, wie man es mir in den Rollerpen diktiert. „Nichte" kommt nicht darin vor.

Noch anwesend: Russen, Russen, Russen. Man sieht es nicht sofort, aber hören kann man sie. Ich meine, einen dräuend grollenden Laut zu vernehmen.

Er kommt näher und näher, baut sich vor mir auf. Honigwaben müsste ich haben - oder eine Tonne Frischfisch. Spontan steht mir allerdings nichts außer meiner Geistesgegenwart zur Verfügung.

„Ich bin von…"

Nicht meine Tante Alice aus Sachsen, sondern ein Riese von Mann mit Riesenohren von einer großen russischen Zeitung steht vor mir. Er fuchtelt mit einem Buchexemplar vor meiner Nase herum. Es ist noch original eingeschweißt.

„Wie schön!", sage ich artig.

„Was heißt ‚heikel'?", donnert mich der Grizzly an. „Eine Beleidigung!"

War er im Verteiler der Pressemitteilungsliste des Verlages und hat nun lediglich den Titel ins Visier genommen, um daran den Inhalt festzumachen?

Ich bemühe mich um Contenance.

„ ‚Heikel'?

Ich überlege, welche geläufigen Synonyme ich gebrauchen kann, damit der tiefere Sinn von „heikel" auch für Russen nachvollziehbar ist, wenn Deutsche sich dieses etwas altmodischen, aber durchaus hoffähigen Vokabulars bedienen.

„‚Heikel' beschreibt einen unge-
wissen Ausgang. Es wäre hilfreich gewesen, wenn Sie das Buch
gelesen hätten."

Grimmiges Schweigen.

Ich strebe dem Saal zu. Molden
hält mich auf:

*„Hätten Sie etwas dagegen, wenn
das Ehepaar M. von der ‚Iswestija' Redaktion Wien im Anschluss
an die Veranstaltung mit zur
Präsentationsfeier kommt?"*

„Iswestija"… „Iswestija"… Ir-
gendetwas macht mich stutzig.
Ich werde später darüber nach-
denken. Oder… etwas aufgeregt
wirkt mein Herr Verleger ja
schon. Was führt er im Schilde?
Seine Bäckchen sind gerötet.

„Ganz im Gegenteil! Ich würde mich freuen, wenn das Ehepaar M. dazu kommt!"

Molden scheint ein Stein vom Herzen zu fallen. Er fremdelt nicht eine Sekunde, wie vor rund einem Monat in Hamburg, wo er ganz allein mit seiner Frau vor reihenweise Hamburger Ratsherren und -damen bestehen musste, obwohl ihm alle wohl gesonnen waren, was in Hamburg nicht so schnell zu erkennen ist, aber in Wien noch viel seltener, weil die Sprache betört.

Hamburger wirken anders.

Auch im Warburg-Haus hatte es einen Blickfang mit Blumenschmuck gegeben. Kaum ein Gast war ohne Strauß erschienen, was das Gepränge einer Foyer füllenden Gartenschau ergab. Erwartungsfrohes Gemurmel mit Begrüßungsszenen weit außerhalb von Bussi-Bussi hatte das Bild einer mit Spannung erwarteten Uraufführung abgerundet.

Im Hörsaal der Bibliothek: das Mikro, mittig und unverrückbar auf ein Pult montiert.

Zum Pult hinauf: ein Treppchen für diejenigen, die sich sonst verlieren würden, obwohl sie mit zu den Großen zählen.

Der Vortragende wird dementsprechend nicht grell angegleißt, sondern von einer milden Leselampe beschienen. Man könnte sich statt des obligatorischen Glases mit Wasser auch ein Glas Rotwein vorstellen, was das Haus sich allerdings verbeten hat, wie auch Nahrungsmittel, Eiscreme und Fast Food aus der Tüte und sich damit deutlich von einem Kino abhebt.

Molden passte seine Sprache an. Er drehte und wedelte mit den Händen, verließ aber nicht einen Moment die Mikrorichtung. Als Präsident der Auslandsösterreicher war er mit dem Sprachverstärker und -verdreher Mikrofon vertraut.

Jetzt, in Wien, ist Molden noch etwas präsidialer. Das Mikrofon fest im Blick, spricht er von

Wladimir Wladimirowitsch Putin wie von einem Kollegen oder Nachbarn, von dem Putin, dem Neuen da in Moskau, der seit seinem Einzug in die Burg oberhalb der Moskwa sehr zeitig aus dem Hause geht und erst spät nachts wieder heimkommt.

Die Resi hat`s gesehen, sagt die Resi. Die Resi hat dann noch gesagt, den Zucker hätt' er sich auch bei den anderen Nachbarn leihen können, wenn die Frau nicht zu Hause gewesen sein sollte, was nie und nimmer der Fall gewesen war. Hat die Resi gesagt. Sie hat auch das gesehen. Das kann sie beschwören, wenn es darauf ankommt, was es

nicht tut, weil es keinen zu in-
teressieren hat, woran sich
nicht alle halten. Aber die Luft
ist zunächst raus. Es gibt keinen Skandal mehr.

Wie Molden „Präsident" sagt,
hört es sich beinahe Ungarisch
an. Wen würde es hier und heute
schon wundern, wenn Präsident
Putin nicht auch in aller Breite
fließend Ungarisch beherrscht?

7

Christine de Grancy wird angekündigt. Sie versucht, sich an einem Platz vor dem Mikrofon einzurichten.

Christine ist von zierlicher Körperhöhe. Sie ist ausgemacht musisch, aber genauso ausgemacht unsportlich.

„Haben Sie irgendwo ein Paar Stelzen?", bin ich geneigt, einfach so, ganz unprätentiös, in den „Eroica" hinein zu fragen.

Unprätentiös? Hier? Wo denke ich hin! Wir sind schließlich nicht in einer Quatsch Comedy Show, wir agieren – oder versuchen es doch zumindest – im noblen Lobkowitz-Palais, die Heimat des Österreichischen Theater Museums mit Exponaten aller Theaterepochen und -epochalen bis zum Eintritt ins Quatsch Comedy Zeitalter.

Christine untersucht das Podium nach einer geeigneten Stelle für sich. Noch ist sie unentschlossen, welchen Standpunkt sie einnehmen soll.

Ob nicht zufällig ein Regisseur…

Keiner hilft mit konstruktiven Vorschlägen, obwohl ich selber der Überzeugung bin, dass Christine gerade mit Stelzen gut zurecht kommen würde.

„Lauter", kommen die ersten ungehaltenen Rufe. Sie sind für mich bereits ein Merkposten, auf was ich achten sollte, wenn ich denn irgendwann an die Reihe komme, was nach der bisherigen Geschwindigkeit bei dieser Präsentation vielleicht gar nicht mehr vorkommen wird.

Ist das der inszenierte Skandal, der in Wien angeblich für einen Erfolg unerlässlich ist oder muss es gleich ein kompletter Abpfiff sein?

Noch ist alles offen.

Ich halte mich bereit.

Mein Mann hält sich bereit.

Das Lobkowitz-Palais hält keine Bühnenarbeiter bereit, weder eigene noch fremde, würde es vielleicht, wenn sie in Moldens Orderliste mit aufgenommen gewesen wären. Das hätte extra gekostet, wie auch üblicherweise jede angebrochene Stunde extra kostet. Deswegen auf ganzer Linie: nichts überziehen!

Christine kommt hinter dem Mikro hervor und stellt sich daneben, wird jedoch halb von dem Traumstrauß verdeckt, was dem Vortrag eine philosophische Note gibt, aber das Publikum – „Ach, Wien, warum musst Du Deine Verehrer immer wieder durch Zwischenrufe das Fürchten lehren?" – äußerst ungnädig nach mehr akustischer Verständlichkeit verlangt.

Vielleicht klappt es besser mit: „Ach, Wien, warum müssen Sie…"

Was würde die Probe auf's Exempel ergeben? Für den Test ist keine Zeit und keine Stimmung.

Christine ist eindeutig verunsichert. Selbst das Schwarz ihrer Kleidung kann das kaum kaschieren. Die trügerisch träge Wolga, die sie versucht auf Wienerisch zu beschreiben, gleicht immer mehr dem Mäander. Irgendwo dahinter, so fürchte ich, könnte unversehens der berüchtigte Rubikon auftauchen, wenn das Orakel stimmt, was heuer nicht sein kann. Das Wiener Orakel ist

heuer in der Hofburg im Natur-
historischen Museum und arbeits-
los, weil es nie und nimmer aus-
geliehen wird.

Ich passe einen Moment ab, wo
ein „Dankeschön, Christine" an-
gebracht ist – und befinde mich
vor dem Mikro.

Die Augen meines Mannes, der
Dangers, der Roussossens, der
Russen, der „Iswestija" Wirtschaftsredaktion Wien, der lo-
digen, aber nicht dirndeligen
Wiener – alle Augen sind auf
mich gerichtet.

Die zweiten „lauter" des Abends
sind zu hören. Dabei habe ich
noch gar nichts gesagt!

Ach, Wien an der Wien!

Ich trete etwas zur Seite und genieße den Anblick der Blumen. Sie beruhigen mich. Kein Fibonacci, sondern eher Renoir.

Die Tür zum „Eroica" Saal öffnet sich. Eine junge Mutter schiebt polternd den Kinderwagen mit ihrem Nachwuchs herein.

Ich unterbreche meinen gerade begonnenen Vortrag und bitte sie in die erste Reihe außen links von mir aus gesehen, wo noch ein Platz frei ist und der Kinderwagen nach feuerschutzpolizeilichen Regelungen keine Gefahr im Falle einer Flucht vor meinem Buch darstellt.

Es entsteht ungnädige Unruhe. Ich lege als Dämpfer eine kleine

Wartepause drauf. Dann ziehe ich die Schleifen von Christines Wolga Referat rauf und runter, lese die dazu passenden Stellen in meinem Buch und weise auch noch auf den Rubikon hin.

Draußen gibt es Erfrischungen. Gott sei Dank!

Draußen entschuldigt sich der Gemütsmensch von einem Grizzly – oder ist es doch eher ein Kodiak? – und bedankt sich für meinen Vortrag.

Draußen warten außer dem Bären auch noch ein paar andere Frager, die vorher wegen der ein bis zwei Paare ohne Nichte nicht zum Zuge gekommen waren.

Eigentlich will ich zur Präsentationsfeier. Der Verleger hat ein Essen bestellt, das nicht kalt werden darf, weil sonst die Mamma der Trattoria schimpft.

Eigentlich hatte ich mir aus schierer Lust an der Freud einen Fiaker organisieren wollen, der uns nach der Präsentation bei der Mamma della cucina aller Trattorias vorfährt.

Mein Mann, vernünftig wie er nun mal in besonderen Momenten ist, hatte abgeraten.

Ich ziehe mich mit einer Journalistin in den „Eroica"-Saal zurück, nachdem sie mir zu verstehen gegeben hat, sie fühle sich von mir vernachlässigt.

Im Saal sind bereits die Lichter gelöscht. Die gebuchte Zeit war abgelaufen. Wir lassen die Tür zum beleuchteten Foyer auf, um uns wenigstens so weit wahrnehmen zu können, ohne die Fühlprobe machen zu müssen.

Hoffentlich wird nicht gedacht...

Gemach, alles bewegt sich im Rahmen des ortsüblichen Anstandes. Nur der Wiener Seelenstripper vom Theater- und Opernkarusselldienst, der Frauenversteher und -erklärer Arthur Schnitzler, Arzt und Schriftsteller, kommt auf seine Kosten.

Die Journalistin ist Anklägerin – ich Angeklagte, die kleine Näherin von langen Nähten.

Das Buch wird nach metrischen Gesichtspunkten auseinander genommen. Ich halte gegen. Meine Herangehensweise war getragen von Sympathien, die nicht in Heller und Pfennig aufgerechnet werden können. Die Journalistin wiegelt ab. Ich fühle mich in weiten Teilen bis über die Schmerzgrenze hinaus missverstanden und falsch interpretiert. Ich könnte das Interview nicht freigeben, ringe mich aber dazu durch, kein Veto einzulegen. Ich bin Anhängerin eigenverantwortlicher Pressefreiheit, so hart und ungerecht manches auch manchmal dahin geschrieben sein mag.

Mein Mann hat die ganze Zeit zusammen mit einer Mitarbeiterin des Verlages im Foyer ausgeharrt. Es mag eine Stunde gewesen sein. Eine Droschke wird gerufen. Alles wird gut. Auf zur Präsentationsfeier…

Wir treffen sehr spät im „La Tavola" in der Weihburggasse ein, wo die Feier steigen soll. Ich verlaufe mich, finde dann doch den Raum, reiße die Tür auf… Applaus. Ich komme mir vor, wie eine verlorene Tochter, die von ihrer Familie herzlich willkommen geheißen wird.

„Wie war es?"

„Schwierig!"

Gemeint ist das Interview.

„Essen Sie erst mal was."

Wohl wahr!

Mein Mann und ich werden auf unsere Plätze dirigiert.

Ich nehme ein paar Bissen und bin gerade dabei, Genuss daran zu finden, als mich Molden zu einer kleinen Ansprache auffordert. Ich habe nichts vorbereitet. Wie und wo fange ich an?

Ich schaue mich in der Runde um, begrüße die einzelnen Gäste, stelle sie einander vor und rede…rede…rede…

Ich spreche vom Verleger Molden und seiner herkulischen Leistung, seiner Frau mit ebensolchem Beitrag, mir ihren Mann bei

Laune zu halten, von Christine –

„Echt gut!",

von den Osladils, ohne die wir
hier nicht wären und ohne die
ich Wien nicht fühlen gelernt
hätte, von... alle schön der Wichtigkeit und Reihe nach, dann auf
der anderen Tischseite die Hamburger, die zusammen sitzen, die
Athener, die Lektorin... Ich weiß
definitiv, dass ich eine hatte,
aber wie hieß sie noch?

Wo ist sie? Warum steht sie
nicht auf und protestiert gegen
meine Vergesslichkeit. Ach nein,
das wäre sie nicht...

Noch einmal – da die Moldens,
Christine, die Osladils, die
Dangers, die Roussossens, mein

Mann neben der Frau Dr. M. aus der Wirtschaftsredaktion der „Iswestija", dann ich, dann der Herr Chefredakteur und Gatte der Frau Dr. M..

Wo ist die Lektorin?

Weg oder nicht da?

Ich trinke einen Schluck Wasser.

Schräg gegenüber von unserer gemischt deutsch-russischen Gruppe taucht vor meinen Augen eine schwarz gelockte Dame mit bescheidenem Lächeln auf. Kenne ich sie? Ich bin furchtbar müde, mein Gehirn arbeitet dennoch fiebrig heiß.

Ich habe mich bereits gesetzt, als es mir wie Schuppen von den

Augen fällt: es ist die Lektorin meines Buches.

Ich stehe auf. Was hatte ich ihr immer schon sagen wollen? Jetzt wäre die Gelegenheit, wenn ich nur den Namen wüsste… Frau Doktor reicht nicht. Das könnte auch meine Leibärztin sein, die nicht anwesend ist.

„Liebe Frau Dr… – wie haben wir über das Wort ‚peinlich' diskutiert. Sie haben gemeint, ‚peinlich' wäre für Österreicher eine Art Körperverletzung. Ich habe geantwortet, ‚peinlich' sei für uns Deutsche zwar auch eine Körperverletzung, aber mehr für Interventionen durch Internisten.

Mein Blackout ist mir nach deutschen Maßstäben äußerst peinlich. Ich hoffe, Sie können das
als aufrichtige Entschuldigung
akzeptieren."

Ich hätte das alles voller Dank-
barkeit, über sprachlichen Hür-
den gebracht worden zu sein,
ohne mich verbiegen zu müssen,
vortragen sollen. Stattdessen:
nichts als Unterlassungssünde.
Ich kann nicht umhin, die Dame
von schräg gegenüber um ihren
werten Namen zu bitten.

Sie ist es, meine Lektorin!

„Frau Dr. Doblhammer", wende ich
mich an die Gäste, „ist Opfer
einer Freud'schen Fehlleistung.
Sie ist meine Lektorin gewesen."

Und an Frau Dr. Doblhammer gewandt: „Herzlichen Dank für Ihre engelsgleiche Geduld – und jetzt auch: Entschuldigung. Sie haben mich mehr als einmal vor mehr als einem sprachlichen Lapsus gerettet – aber, wer mag schon ständig auf Fehler hingewiesen werden?"

Der Abend wird lang, die Nacht wird kurz, der nächste Morgen anstrengend. Molden ist noch einmal Gastgeber. Er hat Stil.

Die Presse am nächsten Morgen? Wien schweigt sich aus. Molden redet das große Manko klein. Man sei in Wien verschnupft gewesen, dass die A-Premiere in Hamburg stattgefunden hat.

Molden hätte wissen müssen, dass es einzig der Wiener Terminkalender war, der eine Koordination der Kooperation zu einem Zeitpunkt gleich nach Erscheinen des Buches unmöglich machte. Moldens Entschuldigung war eher ein Armutszeugnis für die österreichische Berichterstattung, die sich demnach am Personen Ranking und nicht am Inhalt der Veranstaltung orientiert hatte, was ich nicht glauben mochte.

8

Mein Buch war zunächst in Deutscher Mark, Österreichischen Schillingen und Schweizer Franken ausgezeichnet gewesen. Wieviele Exemplare davon verkauft worden waren, bevor der Euro das Feld für sich eroberte - keine Ahnung. Irgendwann in der gesetzlich vorgeschriebenen Frist kam die neue Gemeinschaftswährung auf das Cover und in die schön gestalteten Kataloge. Sie mussten wirken. Wenn der Versand nicht so teuer gewesen wäre...

Die Verkaufszahlen, die Verkaufszahlen...

Keiner kann sie genau nachprüfen, obwohl jedem Autor, jeder Autorin das Recht darauf zusteht. Letztendlich wird, als einzig gültigem Signal, nur auf den Daumen des Verlegers gestarrt. Dagegen anzugehen bedarf es eines sehr starken juristischen und menschlichen Haltes.

Die Auflage war nicht allzu hoch, aber hoch genug, um teuer zu werden, wenn sie auf den Auslieferungslagern für den Buchhandel liegen blieb.

Irgendwann gibt es Remittenten zu Sonderangebotspreisen, danach kommt die Makula, was sich toll anhört, aber nicht toll ist. Es ist der verlegerische terminus technicus dafür, dass ein Buch nicht mehr über den Verlag im Handel erhältlich ist.

Davor ist jeweils die Einwilligung des Autors geschaltet, was erfordert, dass er ständig über Bewegungen in den Lagerbeständen auf dem Laufenden gehalten wird.

Das wird meistens genauso wenig eingehalten wie die tatsächliche Auflage, deren Höhe im Buch nicht mehr genannt werden muss, um daraus nicht einen Werbeträger zu machen. Sie ist Vertragsgegenstand und wird zwischen Verlag und Autor in gegenseitigem Einvernehmen festgelegt, was offenbar viel Spielraum für den Verlag lässt.

Molden, nächst zu Gottvater, gab sich bei allen erbetenen Auskünften aus den Wolken seines Wissens so undurchdringlich nebulös, dass sie ohne weiteres als Einkünfte hätten durchgehen können.

Ich hätte gewarnt sein müssen.

Molden selber hatte berichtet, dass er sich mit den Weltrechten an den Memoiren der in die USA geflüchteten Stalin Tochter Swetlana Allelujewa überhoben hatte.

Nun also wieder Russland und wieder mit einer Aufsehen erregenden Galionsfigur. Nach Anatolij und Allelujewa war der dritte Gesang des Molden Zyklus

Wladimir. Wladimir Wladimirowitsch Putin.

Ich wurde unter Druck gesetzt, mein Buch um die Hälfte zu kürzen. Das Originalmanuskript umfasste 800 Seiten.

„Mehr als eine Bibel brauchen wir nicht."

Wie dick wohl Moldens Bibel ist?

„In der dritten Person – das kommt nicht."

„*Was kommt nicht in der dritten Person?*"

„Sehen's, das ist zu unpersönlich. Das packt die Leute nicht."

Ich bin schon daran interessiert, die Leute zu packen.

„Was haben Sie als Vorschlag zur Güte?"

„Sie müssen umschreiben."

„Ich schreibe nichts um. Ich kürze, aber von dem Gekürzten wird kein Wort umgeschrieben."

Mein Mann und der Herr Dr. Osladil werfen sich vieldeutige Blicke zu. „Wird der Molden gleich ausrasten - oder die Autorin?"

Die Autorin rastet nicht aus. Sie betrachtet den Herrn Verleger genau so lauernd wie er sie.

Der lehnt sich vor. Sie lehnt sich ebenfalls vor. Die beiden kommen sich um Millimeter näher.

„Sie müssen in die erste Person umschreiben."

„Welche erste Person?"

„*Die erste Person Singular. Ist das die korrekte Bezeichnung im Deutschen?*"

Mein Mann steht langsam auf, der Herr Dr. Osladil macht ebenfalls Anstalten, sich von seinem Platz zu erheben, um sofort erste Hilfe leisten zu können, falls sich die Lage ungebührlich zuspitzen sollte.

„Gut", sage ich. Mein Mann setzt sich wieder, der Herr Dr. Osladil atmet tief durch. Molden kramt auf seinem Schreibtisch, als gehe ihn meine ausstehende Antwort nichts an.

„Ich mache das."

Molden hört umgehend auf zu kramen und holt Luft für eine Rede.

„Schaffst Du das?", fragt mein Mann, bevor es dazu kommen kann.

Auch das noch – und vor aller Ohren!

Ich blitze ihn an: „Natürlich schaffe ich das!"

„Sie haben zehn Tage", sagt Molden.

Mein Mann steht wieder auf, ebenso der Herr Dr. Osladil.

Ich sehe beide an und stehe ebenfalls auf.

Molden erhebt sich von seinem Schreibtischsessel.

„In zehn Tagen habe ich also das umgeschriebene Manuskript."

„Nur eine Arbeitswoche?"

Die Frage ist eigentlich überflüssig. Schriftsteller haben keine Arbeitswochen. Sie haben ein oder sogar mehrere Arbeitsleben.

Molden antwortet nicht, sondern wendet sich bis zum Ende der Talkshow mit einem fulminanten Solo aus diversen Seufzern und „Bitt'schöns" an den Herrn Dr. Osladil und vertieft sich mit ihm in einen melodischen Wortreigen. Beinahe hätte er über den Stehkonvent sogar vergessen, uns die Hand zu reichen.

9

Die nächste große Machtprobe ist beim Cover zu bestehen.

„Wir kommen zum Innenteil."

Klappe 1: die Vita.

„Wir brauchen eine Vita von Ihnen. Die Leute wollen etwas über Sie wissen."

„Ich schreibe keine Vita."

Ich hasse Namensschilder, die bei Tagungen an Kostüme geheftet werden und Schmutzränder hinterlassen, wo vorher nie Schmutz zu sehen war.

Die Vita auf Klappe 1 kam. Mit allem Drum und Dran. Ohne Schmutzrand.

Mein Mann hatte auf mich eingewirkt, nachdem der Herr Dr. Osladil auf meinen Mann eingewirkt
hatte.

Ich schrieb die Vita nicht selber, sondern erlaubte, dass der
Verlag einen in sich stimmigen,
für die Leserschaft wissenswer-
ten Lebenslauf entwarf.

Klappe 2:

„Wir brauchen ein Foto von
Ihnen."

Ich schickte ein paar wenige zur
Auswahl. Molden wählte das mit
schwarzem Hut und Stehkragen an
der weißen Jacke und auf der Jacke eine Brosche aus satt rotem
Granat in Cabochonschliff. Es
ist eine Schleife, die nach

altem russischen Vorbild gearbeitet ist.

Das Bild entstand am Fuße des
Weinberges einer Baden-Württem-
bergischen Bausparkasse. Ich bat
den Gastgeber um Erlaubnis, das
Bild zusammen mit meiner Vita
auf der Innenklappe des Buchumschlages verwenden zu dürfen und
erhielt eine Zusage.

Jetzt weiter Molden:

„Wir kommen zum schwierigsten
Teil: die Vorderseite."

Die Frage dabei: Motiv à la Ver-
schwörungstheorie oder frei nach
Schnauze?

Ich bin gegen Verschwörung und
versuche es mit Logik.

„Sehen Sie nicht, dass Wladimir Putin Ihnen direkt in die Augen schaut?"

Molden sieht nie jemandem in die Augen. Er starrt mit merkwürdig indirekter Direktheit auf Oberflächen.

„Was können Sie in dem tiefen Blick lesen?"

Die Frage erübrigt sich aus meiner voran gegangenen Eigenantwort.

„Lächelt er nicht?"

„*Putins Russland und Humor?*"

„Glasnost!"

„*Nie gehört!*"

„Wir in Deutschland…"

Strenger Blick. Alles klar. Den Rest kann ich mir auch noch denken.

Die Realität:

Der Nestor der österreichischen Verleger setzte sich durch und ließ seine Schwiegertochter die Vorderseite sogar dann noch gestalten, als mein Mann schwere juristische Bedenken wegen der Abbildung der Kinder vorbrachte.

Molden winkte ab. „Alles im grünen Bereich!"

War er farbenblind oder einfach nur dickfellig?

Er selber hätte aus eigener Erfahrung wissen müssen, wie übel Ignoranz jemandem beispielen kann, war er doch in erster Ehe mit der Tochter des US-amerikanischen Geheimdienstchefs Allen Welsh Dulles, einem Bruder von John Foster Dulles, dem Außenminister von Präsident Dwight D. Eisenhower, dem Vorzeige GI der siegreichen Alliierten, verheiratet gewesen.

John Foster war ein Scharfmacher allererster Güte gegen die Sowjetunion und Kommunismus wie Sozialismus gewesen. Er könnte als der amerikanische Molotow bezeichnet werden. Sein Bruder Allen Welsh dürfte nicht weit von diesem Gedankengut entfernt gewesen sein.

Molden hingegen dachte grün-gelb-blau großkariert, was ihn weiter brachte als manch anderen mit Schottenfaible.

„Wir kommen zum einfachsten Teil des Layouts für den Buchumschlag: die Rückseite."

Hier: in Abweichung von schönem Schotten pur voller Blick auf schwarzen Grund.

„Muss das sein?"

„Wie meinen's das, bitt'schön?"

„Man sieht jeden Fingerabdruck."

Molden dachte nach, ob ich Recht haben könnte. Mein Einwand war nicht ganz ohne. Vorne Agententhriller – hinten Fingerabdrücke der Leserschaft …

„Wir machen's trotzdem. "

Molden hatte mich darauf hingewiesen, dass mit einem Aufmerk-
samkeit erregenden Layout des
Buchumschlages der Erfolg steht
oder fällt. Garantieren könne er
allerdings nichts.

Seine Aussage machte Sinn. Das
bunt bemalte Karussellpferd im
Flur des Verlagsbüros war die
Idee seiner Marketingabteilung
für einen prominenten Buchumschlag zum Buch einer Prominenten gewesen. Beides hatte ihm
Ruhm und Vermögen eingebracht.

Jetzt hingegen war er aus der
Verlagsgeschichte heraus in seinen Möglichkeiten, die von ihm

publizierten Bücher verkaufs-
fördernd bekannt zu machen,
stark eingeschränkt. Er hatte
keine Marketingabteilung mehr
und keinen Außendienst, der die
Buchhandlungen besuchte. Der
wichtigste Ersatz dafür waren
für ihn Telefon und Fax, wovon
er, soviel er nur konnte, Gebrauch machte — und er konnte
immer noch viel und beinahe
überall. Es gab Ausnahmen. Das
waren Lesungen. Schade.

Für mich waren Lesungen immens
wichtig, um den Inhalt des Buches persönlich erläutern zu
können. Freunde und Bekannte
halfen mir bei der Organisation
— kostenlos.

Ob Molden keine Freunde und Bekannte, sondern nur konvenierliche Kontakte und Beziehungen auf Abruf hatte?

In ganz Österreich fand nicht eine einzige Lesung statt, nicht einmal innerhalb des international angesehenen Alpbach Forums, das Moldens Bruder seit Jahrzehnten im österreichischen Tirol organisierte. Die Teilnahme daran war von Präsident Putin, der gleich nach Erscheinen meines Buches von Molden eine Einladung erhalten hatte, abgesagt worden, worauf mein Mann und ich, die ebenfalls eingeladen waren, die Suggestivfrage gestellt bekamen, ob wir denn trotzdem kommen wollten.

Wir verzichteten. Es roch arg nach Opportunität.

Was nicht genau feststand, war, ob Putin den Besuch nur aufgeschoben und nicht aufgehoben hatte und ob der Kreml sich über einige Passagen in meinem Buch verstimmt gezeigt hatte.

Sturm erprobt wie der alte Verlegerfuchs Molden war, hatte er nicht gleich empört protestiert, als weltweit Zeitungen und Magazine den Passus aus meinem Buch über den Vampir im Kreml aus dem Gesamtkontext des Kapitels herausschnitten und völlig ungefiltert hinaus posaunten.

Molden ließ erst in gehörigem Abstand dazu der deutschen „Wirtschaftswoche" ein kurzes Statement zukommen, als auch die falsch aus meinem Buch zitierte, was er offenbar gerade der „Wirtschaftswoche" verübelte.

Peinlich, aber wahr: seine Begründung stimmte nicht mit der angesprochenen Textstelle im Buch überein, in der die fragliche Situation unter Nutzung des deutschen Behelfsvokabulars von Ljudmila Alexandrowna geschildert wird, womit er sich auf das gefährliche Glatteis des Ungefähren begab, was es stets mit Akribie zu vermeiden gilt.

Molden selber wie auch sein Büroleiter hatten sich bei der Präsentation in Wien als Auskunftei zur Verfügung gestellt. Ich hatte gesehen, dass sie mehrfach angesteuert und befragt wurden und mich deshalb in ihrer Nähe aufgehalten, um hinzukommen zu können, wenn meine Meinung gefragt wäre.

Sie war es nicht. Ich wurde auch später weder über den Inhalt der Fragen noch über die Antworten informiert. Der Vorgang mit der Gegendarstellung in der „Wirtschaftswoche" könnte keineswegs einmalig gewesen sein.

„Hat noch jemand eine Frage?", war von mir selbstverständliches

Bedürfnis nach einem Dialog, bevor ich eine Veranstaltung für beendet erklärte.

Nichts. Warten.

„Darf ich Ihnen dann eine Frage stellen?"

Ungläubiges Schweigen.

„Was würden Sie tun, wenn Ihnen von heute auf morgen die Existenzgrundlage unter den Füßen weggezogen wird, weil das politische System und Umfeld sich geändert hat?"

Schweigen.

Die Konklusion daraus: Man wartet, bis der Anfall vorbei ist oder läuft tumb mit.

Allgemeines Gemurmel, auch tuscheln mit den Nachbarn.

Erklärte ich die Lesung für beendet, machte kurz noch auf den Bücherstand aufmerksam und die Möglichkeit, ein Buch signieren zu lassen, packte ich dann meine Unterlagen zusammen und erhob mich, kamen bei plötzlich einsetzendem Stimmungshoch doch noch Fragen...

Aha, ein Stimmungshoch muss her!

Zum Abschluss von Lesungen servierte ich fortan eine Neuigkeit, von der ich meinte, sie sei ein Schmankerl.

Deutsche fahren normalerweise auf Schmankerl ab, wie Lemminge auf das Meer, weswegen sich die

Regierung genötigt sah, das Rabattgesetz zu ändern.

„Es gibt demnächst eine russische Übersetzung."

„Gähn", was soviel bedeutete wie: „Muss das auch noch sein?"

10

Wenn das erste Gebot nicht zieht, was bei Reformern Moskaus Kirschgarten und bei den Klassikern Athens Oleander heißt, dann das zweite: Auf nach Berlin. In Berlin kann sich das Blatt zum Guten wenden. Berlin ist unkonventionell und offen für alles. So mancher hat es dort geschafft. Das hat sich rumgesprochen, aber wie so oft eben nur die halbe Wahrheit oder sogar weniger als die halbe.

Berlin, die Stadt der vier Alliierten, ist besonders dann nicht einfach zu haben, wenn es um das nach wie vor schwierige Thema der Wiedervereinigung und ihre Folgen geht. Die Meinungen differieren hier im Stundentakt, um dann zu kumulieren und fokussiert zu werden. So geschehen bei einem kleinen Abendessen im Hause von Ehepaar Lore und Gunnar Uldall – in Hamburg.

Es war die Zeit, als von beinahe nichts anderem als der Neubesetzung am Auslöser des Atomkoffers der Russischen Föderation gesprochen wurde. Er war für Jelzin das gefürchtete Maximum seines Repertoires an Drohungen innerhalb seines an schrillen Machtdemonstrationen überreichen Regimes gewesen.

Nun war es Wladimir Putin, der die Oberhoheit über den Knopf hatte, was er nicht groß heraus hängen ließ, aber ihm wohl doch eine gehörige Portion Selbstbewusstsein gab. Am besagten Abend war es dann auch nur eine Frage der Zeit, wann das Thema zum Kasseler auf den Tisch kommen würde.

Für mich: kein Thema.

Es gab nur weniger als eine Handvoll Eingeweihte in mein Buchprojekt.

Frau Uldall servierte.

Herr Uldall schenkte ein, nachdem ihm seine Frau einen scharfen Blick zugeworfen hatte.

Warum Männer immer für die Getränke zuständig sein wollen und sie dann zugunsten anderer Zuständigkeiten vergessen?

„Willkommen!"

„*Vielen Dank für die Einladung.*"

Ran ans Kassler.

Gemach!

Irgendwo höre ich den Namen Putin. Die Schüsseln und Platten mit dem Essen bleiben unberührt, die Teller blank.

Frau Uldall ist um den ausbleibenden Appetit besorgt.

„Wollen wir nicht anfangen?"

Die Herren der Schöpfung beraten ungerührt weiter.

„Wir kennen ihn", höre ich meinen Mann sagen.

Ich höre weg. Alle Augen sind auf uns gerichtet.

Mein Mann setzt nach:

„Ljudmila Putina und ihre Kinder waren bei uns wochenlang zu Gast."

„*Ne.*"

Beim „Ne" kommt es auf die Dehnung des Vokals an. Sie steht in Hamburg für „Was Sie nicht sagen!" (Betonung auf „nicht") oder auch „Was Sie nicht sagen!!" (Betonung auf „was") und beinhaltet eine neugierige Abwartehaltung mit einer gehörigen Portion Skepsis.

Mein Mann fühlt sich animiert, die Neugierde weiter herauszukitzeln.

Ich trete auf seine geputzten Schuhe, was seinem Vorwitz – so hoffe ich – Einhalt gebietet.

„Wir haben sie im Sommer für eine Woche in Moskau besucht", höre ich ihn unbeschadet des Fußsignals weiter erzählen. „Meine Frau schreibt gerade ein Buch darüber."

Ich bin wütend, verschließe mich und lehne mich zurück.

Die Skepsis legt sich. Man kommt aus sich heraus, was sich in Hamburg sehr direkt äußert.

„Wie ist er denn so?"

„*Gut.* "

„Erzählen Sie doch mal.

„*Was soll ich denn erzählen?* "

„Was Sie für einen Eindruck von ihm hatten."

„*Einen guten.* "

Der Ball ist wieder bei meinem Mann. Er fängt ihn auf und berichtet in groben Umrissen von den Gesprächen mit Wladimir Putin, um die Authentizität meines Buches zu untermauern.

Das verschlägt der Tischrunde die Sprache. Es ist deutlich spürbar, dass die Neugierde ihrem Höhepunkt zustrebt.

„Wann erscheint das Buch?"

Mein Mann guckt in die Luft.

Ich sage: *„Bald."*

Daraufhin wird in Hamburg umgehend an der Revidierung der Weltmeinung über Russland zugunsten der Hamburger Wirtschaft und Politik gearbeitet. Im Zentrum: Gunnar Uldall.

Wer in Berlin geschickt genug Politik macht, hat die östliche Weltmeinung über alle Zeitzonen hinweg, könnte man meinen.

Näher dran ist Wien.

Wer Wien hat, hat was?

Wien ganz zu haben, ist beinahe unmöglich. Angeblich ist man in

Wien der Akzeptanz ein Stückerl näher, wenn man einen Strudelteig walken und so hauchdünn ziehen kann, dass man dahinter ein Schattenspiel veranstalten könnte oder die genaue Anzahl der Stufen aller Treppen der Hofburg zu nennen in der Lage ist, ohne ins Keuchen oder Seufzen zu kommen.

In Wien gehen die Uhren anders als in Berlin. Die Faustregel dafür: Wo bei uns ein „D" steht, steht in Wien ein „Ö".

In Berlin war die Kohl CDU von der SPD unter Führung von Gerhard Schröder abgelöst worden. Kann nicht jeder. Ganz im

Gegenteil: Gott behüt's, dass es jeder versuchen will!

In Hamburg war die rot-grüne Koalition unter Ortwin Runde als Nachfolgerin des Senats von Dr. Henning Voscherau durch die von Beust CDU abgelöst worden.

Kann auch nicht jeder, aber Überraschungsgäste waren zunächst willkommen. Gott behüt's, dass das zu oft passiert.

Neuer Wirtschaftssenator der Freien und Hansestadt Hamburg wurde der Bundestagsabgeordnete Gunnar Uldall, unser Gastgeber am denkwürdigen Abend im kleinen Kreis. Er wollte die Wichtigkeit meines Buches für die Neubelebung des Wirtschaftsraums im

Osten zugunsten der Freien und Hansestadt Hamburg nutzen.

Positiv denken war angesagt. Die infrastrukturelle, ökonomische und kulturelle Metropolregion Hamburg wurde ausgerufen.

Gunnar Uldall nahm Kontakt zur Vertretung der Freien und Hansestadt Hamburg beim Bund auf und warf seine Autorität als Wirtschaftssenator in die Waagschale, um eine Lesung aus meinem Buch außerhalb des bereits feststehenden Programms durchzusetzen, das noch vom Rot-Grün-Senat verabschiedet worden war.

Die Veranstaltung war gut vorbereitet. Es fehlte an nichts und doch an einigem: keine

knisternde Spannung einer Uraufführung wie in Hamburg, kein
Abglanz von K.u.K. - Hofhaltung
wie in Wien. Eher eine obligato-
rische Kreativpause zwischen
zwei Bundestagsdebatten im Hohen
Haus. Jeder schien jeden zu kennen - nur mich nicht. Das allerdings war wie in Wien.

Das Einführungsreferat hielt der
Wirtschaftssenator selber. No
risk, no game. Das Risiko mit
mir war nicht allzu groß.
Senator Uldall hatte mich bereits mit großem Erfolg vortragen hören.

Sein Referat: eine sachdienliche
und doch launige Ansprache, die
viel, aber nicht zu viel, von

seinen Einblicken preisgab, eine Art vorweg genommene Tischrede, an deren Ende zum Büffet eingeladen wurde.

„Bitte nur noch eben die Lesung abwarten, bevor gestürmt wird! Fragen können hinterher gestellt werden."

Ich beeilte mich, ebenso sachdienlich und doch launig vorzutragen.

Dann hanseatische Gastfreundschaft: Bistrotische werden zu Konferenztischen. Auf ihnen in gedrängter Dichte: volle, halb gefüllte, aber so gut wie nie leere Gläser.

Ringsherum: Mehrfachreihen sich angeregt unterhaltender Gäste mit Tellern in den Händen und mit vollen Backen kauend. Trotz aller drangvollen Enge wird das eigene Glas fest im Auge behalten, damit es sich keiner aus Versehen fremdmunden lässt und sich gar einen Schwips einhandelt, den er noch nicht oder überhaupt nicht haben will.

Die Fragen: hoch anständig. Sie hätten kaum anständiger sein können. Nichts, was nicht hätte beantwortet werden können.

Es ist eine Art von Selbstgenügsamkeit, die wohl damit zu erklären ist, dass beinahe alle

Anwesenden Kernkompetenzen in-
ne haben, die eisern abge-
schirmt werden. Da will man als
Gebot der Stunde auch nicht zu
sehr an meinen rütteln, weswegen
es bei einem „Sehr interessant!
Sie hören von mir." bleibt.

Nichts war leicht dahin gesprochen, alles wurde gehalten.

11

Berlin, der Ostbahnhof Europas, hat viele Weichenstellungen. Über eine davon war wohl die Idee für eine russische Übersetzung zu mir gekommen.

Mein Mann, der Herr Dr. Osladil und ich hatten bei Molden im Wiener Verlagsbüro gesessen, um den Vertragsabschluss für die deutsche Ausgabe über die Bühne zu bringen, als der Telefonapparat schrillte, dass jeder der nicht daran gewöhnt ist, zusammenzucken muss, was Sinn und Zweck des Schrillens ist. Die Frage, ob es nicht auch ohne ginge, blieb da im Raum stehen, wohin ich sie hingedacht hatte.

Es ging nicht, weil der Apparat, wie alle Apparate von vorgestern, nicht anders als schrill eingestellt werden konnte – jedenfalls nicht von Molden.

Sein Büroleiter, der ständig um ihn herum war – oder wenn er nicht um ihn, dann eben Molden um den Büroleiter – zu Tisch und in den Waschraum wurde nicht gemeinsam gegangen – hörte es wohl nicht mehr, die Buchhalterin saß im Hinterzimmer, die anderen Angestellten waren im Auftrag des Verlages mehr oder weniger in der Stadiongasse zur Herrengasse unterwegs oder schon retour von der Herrengasse zur Stadiongasse, in der Hoffnung, dass die Luft bei Rückkehr rein ist und die – unter Umständen werten – Besucher die Sitzgelegenheiten wieder geräumt und nicht zu viele Kekse gegessen haben.

Wir waren also zur Zeit mit dem Verlegerfürsten allein am Tatort angestrengter Verhandlungen, als das Telefon schrillte.

Galt das Schrillen meinem Mann? Hätte ja sein können, war aber seinem nachdenklichen Gebaren nach nicht der Fall.

Dem Herrn Dr. Osladil?

Der fühlte sich nicht im geringsten angeschrillt. Blieb nur noch ich.

Ich wartete angespannt, was Molden machen würde.

Der nahm nach einem gut ausgekosteten, retardierenden Moment den schweren, schwarzen Hörer von der schweren, schwarzen Gabel, wie es sie nur noch in wenigen Büros gibt. Den Hörer und die Gabel.

Der Telefonapparat war ein Modell, das manche Filmszene bereichert haben könnte, wenn vom Regisseur von Spezialfilmen über Spezialthemen ein Spezialeffekt gefordert wurde und zwei Männer – mehr Apparaten konnte man nicht habhaft werden, obwohl die Regisseure mit diesen Spezialeffekten in der Regel Amerikaner waren – sich mit Hilfe der Telefonapparate bekriegten und dabei ein Bild von brunftigem Hochwild nahe Dartmond Moor abgaben, das schier undurchdringlichen Nebel von Argumenten und Gegenargumenten mit Dudelsäcken wegzupusten versuchte.

Nach dem Schlagabtausch musste der Schlips wieder gerade gerückt und in die Muschel hinein gehorcht werden.

Man sagte kurz „Wer spricht?" und „Sorry!", als es „You've got

the wrong number" („falsch verbunden") hieß, worauf die ty-
pisch amerikanische Kommentie-
rung erfolgte:

„My God!"

Am anderen Ende der Leitung?

„Frau Dursthoff, eine russische
Agentin aus Köln."

„*Kenne ich nicht.*"

„Sie ist Literaturagentin."

„*Ich kann kein Russisch.*"

„Sie spricht Deutsch."

Das hätte ich mir zwar denken
können, nachdem Molden mit ihr
Deutsch gesprochen hat, aber sicher ist sicher.

„*Zur Zeit habe ich keinen Be-*
darf an einer russischen Über-
setzung."

„Woher hat sie Wind von meinem
Manuskript bekommen?", frage ich
mich.

„Einen Augenblick noch, bitte-
schön", wienert Molden nach Köln
und an mich gewandt:

„So sprechen Sie doch ein paar
Worte mit ihr, bitt'schön. Sie
wird sich freuen."

Ich sehe zwar nicht ein, warum
ich der gewissen Frau Dursthoff
– überhaupt Dursthoff! – eine
Freude machen soll, aber lasse
mir den Hörer geben.

„Irene Pietsch. Ich bin die Autorin von Heikle Freundschaf-ten' – Sie möchten mit mir spre-chen?"

„Galina Dursthoff – ich habe von Ihrem Buch gehört."

Wenigstens hat sie einen rus-sischen Vornamen.

„Galina Dursthoff?"

„Ich bin mit einem Deutschen verheiratet."

Na ja, hätte ja auch ein Öster-reicher sein können.

„Sie dürfen mein Buch eigent-lich noch gar nicht kennen."

Molden wird leicht nervös. Ga-lina Dursthoff ebenfalls.

„Ich finde das Buch sehr gut."

...und dann schon beurteilen! Ha! Da kenne ich nichts, da bin ich grundsätzlich.

„Es geht um eine Übersetzung ins Russische."

Ich plautze, ich hätte kein Interesse an einer Übersetzung. Im Übrigen würde ich auf freier Strecke zwischen Vertrag und einer eher unwahrscheinlichen Übersetzung rein gar nichts entscheiden wollen.

Molden zuckt zusammen, als müsse er sich in Deckung bringen.

Mein Mann guckt, wie er immer guckt, wenn er meint, dass ich definitiv unmöglich bin.

Der Herr Dr. Osladil guckt gar nicht sichtbar, was so ungefähr auf's Gleiche hinaus kommt.

Der Rest ist beiderseitiges „Auf Wiederhören" ohne „Sorry".

Molden regeneriert sich in erstaunlich kurzer Zeit, als ob ich „my God" gerufen hätte und hält ein ausführliches Plädoyer für eine russische Übersetzung.

Mein Mann schließt sich dem auf Hanseatisch an und versucht, mir die Dudelsäcke zu entwinden.

Der Herr Dr. Osladil sitzt wie auf einer Burgzinne bei Dartmond Moor im Nebel und nickt von dort aus Zustimmung. Ich sehe es ganz genau. Durch den Nebel hindurch.

Es beeindruckt mich tief. Ich bin dennoch gegen eine Übersetzung. Die Arbeitsbelastung für mich droht auszuufern.

„Mal sehen."

Erst einmal muss der umfangreiche Vertrag mit Molden unterschriftsreif werden, wogegen ich mich mit Händen und Füßen wehre. Ich meine instinktiv zu erfassen, dass ein Knebelvertrag geschlossen werden soll.

Ich will meine Dudelsäcke wieder haben, um die melodie d'amour zwischen Verleger und Autorin nach meinen Vorstellungen zu pfeifen. Mögen sie noch so abwegig klingen, ich möchte gehört werden.

Mein Mann ist unerbittlich. Ich bekomme meine Dudelsäcke nicht wieder. Er ist sichtbar genervt. Das ist zwar unmusikalisch, um nicht zu sagen unfair, was für einen gebürtigen Hamburger, der per se anglophil ist, eine Beleidigung sein könnte, die zwischen Eheleuten nicht stattzufinden hat.

Er sieht dementsprechend keinerlei Knebel, der Herr Dr. Osladil ebenfalls nicht.

Als wir nach ein paar Bedenkstunden à la carte aus einem Beisl kommen, in das ich zur Beruhigung gelotst worden bin, ist meine Unterschrift unter den Vertrag gesichert.

12

Kurz nach dem bedeutungsvollen Akt der neuen Geschäftsbeziehung mit dem Molden Verlag und einem weiteren, dieses Mal offeneren Gespräch mit Galina Dursthoff, in dem ich meine Zustimmung zu einer Übersetzung in die russische Sprache signalisiere, taucht eine „Agence Hoffmann" in München auf, die den Anspruch erhebt, für mich tätig zu werden.

„Ich kenne Sie gar nicht."

„Wir arbeiten mit Herrn Molden zusammen."

„Das muss ich erst klären."

„*Das muss nicht noch geklärt werden, das ist bereits mit Herrn Molden geklärt.*"

„Dann heißt das noch lange nicht, dass ich damit einverstanden bin."

Ich sehe Rechnung auf Rechnung anrollen. Bei so einer Vorstellung reagiere ich leicht panisch.

Galina Dursthoff sei eines von vielen Pferdchen in ihrem Stall, lässt mich die „Agence Hoffmann" weiter wissen.

Ich schäume.

„Mein Vertrag ist mit dem Molden Verlag geschlossen worden, nicht mit Ihnen."

Mein Mann findet das alles nicht wirklich berauschend, aber beruhigt mich. Er wird mit Molden telefonieren. Das ist gut.

Ab sofort wird immer er mit Molden telefonieren, wenn es kritisch wird, und es wird häufig kritisch. Mein Mann und Molden werden ein eingespieltes Talk Team, wenn nicht gerade mein Part dran ist, was sich nicht vermeiden lässt, da ich die Autorin bin und in einigen, nicht wenigen fraglichen Punkten das letzte Wort habe.

Hauptknackpunkt: Ich habe keine Ahnung, wen Molden noch so als Unter- und Zwischenhändler an Bord genommen hat, worauf ich aber größten Wert lege, es zu wissen, weil ich nur – auch in-direkt – mit jemandem zusammen arbeiten will, der demokrati-schen Grundprinzipien auf Basis des deutschen Grundgesetzes mit Anhängen folgt.

Stattdessen: Wirrwarr.

Im Zentrum: die „Agence Hoff-mann" in München, eine weltweit agierende Literaturagentur zur Vermittlung von Manuskripten. Dort agierte als Kontaktperson und Schalt- wie Waltstelle ein ehemaliger Scout von Molden, mit der ich noch zu tun bekommen sollte. Sie hatte für ihn im Raum Kanada/USA gearbeitet, wo ich eine englische Übersetzung meines Buch eher gesehen hätte als in russischer Sprache auf dem Territorium der Russischen Föderation.

Vorläufiger Höhepunkt ständig schwelender Querelen war, dass Molden gegenüber seinem Ex-Scout durchblicken ließ, er glaube nicht an den Erfolg meines Buches.

Mich interessierte in dem Moment noch nicht einmal so sehr die Frage, warum Molden mit seinem Scout für den angelsächsischen Raum über Erfolg oder Misserfolg meines deutsch- oder russisch-sprachigen Werkes schwadro-nierte, sondern warum er zu die-sem Rundumschlag ansetzte, der

ein Affront ohne gleichen gegen
alle Beteiligten - auch gegen
die im Buch Erwähnung gefundenen
Russen – war.

Der „Durchblick" an Moldens Ex-
Scout bei der „Agence Hoffmann"
war mir per Kopie des Briefes
zur gefälligen Kenntnis gebracht
worden, die bei mir in Er-
schütterung umschlug.

Das sei ein beinahe unent-
schuldbares Versehen gewesen,
hieß es wenig später von Molden,
nachdem ich darüber mehrere
Nächte schlecht geschlafen und
ihm eine geharnischte Epistel
geschrieben hatte. Ich hätte
das Schreiben von ihm an die
Agence gar nicht zur Kenntnis

haben sollen. Er werde prüfen, wie es dazu gekommen ist.

Er schien es ernst zu meinen, so aufgebracht wie Molden klang. Offenbar dachte er - wie ich - an einen anonymen Agent Provokateur.

Die Konsequenzen?

Der Auftrag, die russische Übersetzung in Gang zu setzen, blieb trotz aller Verdachtsmomente bei Galina Dursthoff.

Galina Dursthoff in action:

„Alle Verlage reißen sich um das Buch!"

Kurz darauf:

„Die großen Verlage sind absprungen."

„Galina, lass es!"

„*Mach Dir keine Gedanken, das ist ganz normal.*"

Wenn eine Russin von „normal" spricht, handelt es sich nach ihrem Dafürhalten um einen Zustand, der die Grenze der Erträglichkeit überschritten hat.

„*Ich habe gehört, dass ein Wink aus dem Kreml…*

„Galina!"

„*Noch einen Versuch! Bitte!*"

„Na gut, aber nur, wenn es nicht zur Belastung wird."

„*Ein kleiner, aber sehr bekannter Verlag hat sich interessiert. Noch ist nicht ganz sicher, ob…*"

„Galina, lass' es. Ich will Dich nicht in Schwierigkeiten bringen, ich will den Verleger nicht in Schwierigkeiten bringen, ich brauche das Buch nicht in Russland. Ich habe es für den Westen geschrieben."

„*Du wirst sehen, es wird keine Schwierigkeiten mehr geben.*"

Kaum gesagt, gab es nur noch Schwierigkeiten.

Wieder und wieder betonte ich, dass ich nichts zu unternehmen gedächte, was der Regierung Putin schade könnte. Man möge sich das überall dort hinter die Ohren schreiben, wo an meinem Buch gedreht und gewendet wird, um eine russische Ausgabe zustande zu bringen oder sie zu verhindern.

„Mach Dir keine Sorgen."

„Du irrst! Ich mache mir keine Sorgen. Ich meine allerdings, dass genug des Zeitpokers ist. Wenn nicht in nächster Zukunft etwas passiert, was uns weiterbringt, schreibe ich an Molden, dass die Übersetzung von Dir nicht in einem annehmbaren Zeitrahmen vermittelt werden konnte. Schließlich gibt es noch mehr Möglichkeiten, das Buch bekannt zu machen als über eine Verbreitung in Russland."

Ich setzte eine zumutbare Frist.

Der Verleger für das Buch wurde auf mein Ultimatum hin so schnell gefunden, als habe er nur darauf gewartet, der Berufene zu werden: Es war - Igor Sacharow aus Moskau, der mit dem kleinen, aber sehr bekannten Verlag und nach Dursthoff'scher Diktion ein Opfer der Regierung. Die Geheimen hätten die Verlagsräume wegen eines Steuervergehens durchsucht.

„Ob das der richtige Verleger für mich ist?"

Der Vertrag wurde mir - von Sacharow bereits unterschrieben - in Russisch und Englisch zugeschickt.

Ob das Russische mit dem Englischen übereinstimmte – keine Ahnung. Galina Dursthoff hätte mich auf Besonderheiten aufmerksam machen müssen. Sie ist vom Fach. Sie weiß, dass es Standardverträge gibt, die in Deutschland die Forderung beinhalten, dass der Text keinerlei rechtsextreme oder pornografische Darstellungen enthalten darf und die Beweispflicht für das Urheberrecht an Bildmaterial beim Autor/ bei der Autorin ist.

Für Letzteres wird eine Unterschrift verlangt, die ich auch gegenüber Sacharow in der Annahme leistete, dass es zu keinen Verwendungen käme, die außerhalb des Rahmens lagen, der durch das Buch aus dem Molden Verlag vorgegeben war.

Ob der Verleger aber das Buch nicht trotzdem gründlich lesen muss?

Es gibt darüber hinaus meistens Sonderklauseln und -vereinbarungen mit einem Verlag wie Druckkosten- und/ oder Marketingvorschüsse, auch wohl Vorabhonorare und dergleichen mehr.

Warum ich überhaupt mit Igor Sacharow, dem Inhaber eines kleinen, aber sehr bekannten Verlages in Russland einen getrennten Vertrag abschließen musste, wo ich doch diesen Generalvertrag mit dem kleinen, aber einflussreichen Molden Verlag in Wien hatte, der die Modalitäten für Übersetzungen regelte – keine Ahnung.

Ich unterschrieb den Vertrag.

Galina Dursthoff zeichnete ab sofort für die Suche nach einem Verlag, für die Übersetzung, PR in Russland und meine Betreuung als ihre nach Russland vermittelte Autorin verantwortlich.

13

Die Arbeit von Galina Dursthoff
nahm Fahrt auf. Mein Deutsch sei
zu schwierig für einen Moskauer
Übersetzer, hieß es. Einer der
besten habe es zurückgegeben.
Sollte das bedeuten, mein Buch
kann nicht ins Russische über-
setzt werden?

Verzögerungstaktik oder war Moskau nicht oder nicht mehr das
Zentrum aller Möglichkeiten?

Wenn es schon in ganz Moskau
keinen gibt, der mein Deutsch
vernünftig ins Russische über-
tragen kann, wo soll es denn
sonst in Russland jemand können?

Erneut war ich geneigt, das Projekt aus wichtigem Grund aufzukündigen.

„Aus wichtigem Grund" war wie bei jeder außergewöhnlichen Kündigung die Voraussetzung, dass ich meine Einwilligung ohne Konventionalstrafe zurückziehen konnte. Molden hatte damit von Anfang für den Fall gedroht, dass dadurch Terminverzögerungen eintreten.

Der wichtige Grund war jetzt für mich gegeben. Die Grundlage war dem Vertrag durch Nichtexistenz des Vertragsgegenstandes – jemanden, der die Übersetzung niveauvoll bewerkstelligt – entzogen worden.

Ich ziehe mich ungern auf rechtliche Standpunkte zurück, aber mir blieb keine andere Wahl.

„Entweder Sacharow findet in nächster Zukunft einen fähigen Übersetzer oder ich werde mich genötigt sehen, Molden entsprechend zu informieren."

„Man muss gute Beziehungen haben, weißt Du…"

Die gute Beziehung: eine Petersburger Deutsch Koryphäe mit detaillierten Spezialkenntnissen in Hochdeutsch aus dem Dunstkreis von Sacharow. Ich ließ mich nicht von glänzenden Referenzen blenden.

„Ist die Übersetzung wasserdicht?"

Beinahe hätte Galina Dursthoff geschworen. Es hörte sich gewaltig bemüht an. Ich traute ihr nicht und drohte ihr dieses Mal, sie im Rahmen aller mir zur Verfügung stehenden rechtlichen Mittel dingfest zu machen, wenn sich Unregelmäßigkeiten bei der textlichen Wiedergabe auftun sollten.

„Ich passe auf!"

„Ruf mich an, wenn es Schwierigkeiten mit bestimmten Ausdrücken oder Redewendungen gibt."

„Ich rufe sofort an, wenn wir nicht weiterkommen."

Wer nicht anrief, war Galina Dursthoff. Erst, als die Übersetzung fertig war.

Das Cover ist grottig: kein Schutzumschlag mit Klappe links und Klappe rechts, sondern abwaschbar wie bei allen besseren Paperbacks. Der einfachste Teil, die Rückseite, eng auf hellem Untergrund beschrieben. Fingerabdrücke haben hier keine Chance. Der schwierigste Teil, die Vorderseite: ein heiter bis wolkiges Damenkränzchen.

„Albern", nannte ich es und meinte „unmöglich".

Galina Dursthoff hielt dem entgegen, ich verstünde nichts von Marketing und erst recht nichts von russischem Geschmack.

„Russen lieben kokette Bilder."

Ljudmila Alexandrowna sähe auf dem Bild kokett aus, hatte ich bereits zuvor aus russischem Mund gehört. Hier war es wieder. Sie: weißes Krägelchen mit Ziersaum, ich: weißer Stehkragen.

Über Geschmack soll und kann man nicht streiten. Tat ich auch nicht, aber es gab eine Verletzung des Urheberrechtes an meinem Bild mit Hut, das mit der Sondergenehmigung für die rechte Klappe des Cover von „Heikle Freundschaften".

Sacharow hatte es als Teil einer Fotomontage für die Titelseite benutzt, allerdings ohne die auf altrussisch getrimmte Brosche, was über die vom Umschlag für

„Heikle Freundschaften – Mit den Putins Russland erleben" abweichende Positionierung hinaus einen geänderten Tatbestand ergab, der einer neuen Genehmigung bedurft hätte.

Ich meinte, ich müsste das Niveau des Buches aus Selbstachtung und für Russen mit deutlich besserem Geschmack anheben und schrieb für die russische Edition ein persönliches Nachwort.

Darin fehlte der wesentliche Passus, in dem ich den Hintergrund meines Namens – Irene = griechisch für Friede – beleuchte.

„Dieses Buch ist kein Buch der Belehrung, kein erhobener Zeigefinger. Es ist die Bitte - in erster Linie an meine Landsleute -, mit Verantwortungsgefühl für das eigene gesprochene und geschriebene Wort, für die eigenen Taten sich den russischen Menschen zu nähern.

Da Sie, liebe Leserinnen und Leser, nun dieses Buch auch in ihrem eigenem Land in russischer Sprache beurteilen können, möchte ich meine Bitte an Sie weitergeben: „Haben Sie Geduld mit uns und öffnen Sie sich. Geben Sie uns die Chance, in Sie hineinzusehen und versuchen Sie bei der Annäherung, unsere deutschen Eigenarten und Verletzlichkeiten in Betracht zu ziehen."

14

Die drängendste Frage war jedoch zunächst: Warum ist der von Molden und mir gemeinsam gefundene und gut durchdachte Titel „Heikle Freundschaften – Mit den Putins Russland erleben" in „Pikante Freundschaften" abgewandelt worden? Bei aller Wichtigkeit, den Namen Putin in den Vordergrund zu stellen, musste die Kulturnation Russland doch von erster Priorität bleiben.

Nicht, dass Galina Dursthoff und ich wegen des Titels nicht konferiert hätten. Ich wurde abgefragt, was ich als Synonyme für „heikel" anzubieten hätte.

Auch einen gänzlich anderen Titel dürfte ich mir überlegen.

„Was sagt man in Russland zu ‚heikel‘?“

„ ‚Pikant‘.“

„‚Pikant‘ geht gar nicht. Unter ‚pikant‘ stellt man sich in Deutschland undefinierbar gewürzte Speisen vor. Pikant sind Nachrichten, die besser nicht das Licht der Öffentlichkeit erblicken sollten, aber gerne von nicht ganz seriösen Verbreitern genutzt werden, um auf sich aufmerksam zu machen. Pikant kann sogar den Beigeschmack von etwas haben, was als Repressalie gegen einen Kontrahenten genutzt werden soll.

„*Wir in Russland verstehen unter ‚pikant' etwas, was neugierig macht.*"

Mein Buch, eine marktschreierische Mogelpackung? Nie!

Ich machte mehr als einen Gegenvorschlag, um Galina Dursthoff von „Pikante Freundschaften" wegzubringen.

„*Wir haben kein adäquates Wort für ‚heikel' im Russischen*", wurde mir gebetsmühlenartig erklärt, während die Telefoneinheiten wegliefen.

Galina Dursthoff und Sacharow hatten sich auf ‚pikant' versteift. Ihre Argumentation, dass es sich um eine Übersetzung ins

Russische handelt, die ein Um-
denken erfordert, war nicht ohne
Logik, aber für mich nicht logisch genug. Ich versuchte den
Umkehrwert herzustellen.

„Wenn das Buch aus dem Russischen zurück ins Deutsche über-
setzt werden würde, was würde
dann für ‚pikant‘ gesagt werden
können?“

„Auf jeden Fall nicht ‚heikel‘.“

Ich hätte argumentieren können,
soviel ich wollte, es hätte
nichts genützt. Es wäre nur noch
eine Scheidung wegen unüber-
windlicher Abneigung in Frage
gekommen. In diesem Stadium der
Vorbereitung des Buches in russischer Sprache wäre es darüber

mit hoher Wahrscheinlichkeit zu einem unschönen Eklat mit meinem Verleger gekommen, den ich nach mehreren Meinungsverschiedenheiten zu meiden suchte.

Der Titel blieb. Leider – oder auch nicht. Je nachdem, ob man Schmierenkomödien geistreichem Kabarett vorzieht.

Russland hatte zum ersten Mal ein junges Staatsoberhaupt, ohne grimmigen Gesichtsausdruck, ohne den obligatorischen Filz auf dem Kopf, ohne verdächtige Anzeichen von Körperfülle aus Bewegungsmangel.

Wladimir Putin war zunächst als Nachfolger des bulligen Jelzin ernannt und von der Duma bestätigt worden, musste jedoch noch nach demokratischen Maßstäben gewählt werden.

Alle Augen richteten sich nach dem vollzogenen Flaggenwechsel von rotem Untergrund mit Hammer und Sichel zu bekannten Blockstreifen in der Mischung Weiß-Blau-Rot mit zaristischem Doppeladler auf den Neuen im Kreml. Das war weniger notwendig, als mancher es glauben machen wollte. Selbst politisch Blinde konnten erkennen, dass die Führung in Russland sich selber zum Ziel gesetzt hatte, das demokratische Plansoll auf lange Sicht gut zu erfüllen.

Die Zeiten, wo Wahlen schon vor der Wahl Ergebnisse hundertprozentig vorhersagbar machten, schienen vorbei. Wahlkämpfe – jetzt innerhalb eines Mehrparteiensystems, in denen um die Gunst der Wähler gerungen wird, waren und sind verfassungsmäßige Pflicht. Nichtwählen ist strafbar, Wählen kann sich unter Umständen später als sträflich erweisen, woran oft genug lustvoll gearbeitet wird. Die Erprobung von Politikern ist Sport, eine Disziplin, in der Wladimir Putin mithalten kann.

Der junge, clevere Nachfolger des alten Kämpen Jelzin im Präsidentenamt war eine ungewohnt fantastische Mischung zwischen Schüchternheit und schnellem Intellekt, den einen eher unheimlich, den anderen ein vertrauensvolles Signal, dass neue Zeiten angebrochen waren.

Konnte er die Mehrheit des Volkes für sich gewinnen?

In Russland stand zumindest die weibliche Welt Kopf. Das bedeutete viel. Etwas mehr als das durfte es aber auch sein, woran gebosselt wurde.

Es gibt jetzt neben allen anderen Hunden – nie habe ich so viele Rassehunde gesehen wie in Moskau – auch einen First Dog, geküsst wird weiter herzhaft und mit Ausdauer, Männer Männer und

Frauen Frauen, auch heterogen. Männern werden zu Jubiläen von Männern rote Rosen und eine Ehrennadel überreicht, Frauen bekommen zum gleichen Anlass Ähnliches, dazu auch Pralinen oder Schuhe. Vielleicht. Die Feiertage dafür - der Internationale Frauentag und Geburtstage - sind geblieben, die Ansprüche jedoch gestiegen. Ob es sich dabei immer um Genossen und Genossinnen handelt - wer weiß. Die Scheidungsquote ist eine der höchsten in Europa.

Es gibt Education Bulletins über die akademischen Erfolge des Nachwuchses, auch ein neuer Familienstatus wird vermeldet.

Wladimir Wladimirowitsch ist Großvater geworden. Er hat damit einen Rang, den man sich nicht selber verdienen kann und in Russland den märchenhaften Stellenwert von einem hoch dekorierten Veteranen hat.

Was sonst noch?

Staatsbesuch wird nach offiziellen Gesprächen gerne mal nach Hause eingeladen. Dort ist es allemal gemütlicher und die Presse bliebt draußen.

Salut aus der Konfettikanone statt Imponiergehabe auf der Kremlmauer über dem Lenin Mausoleum gibt es noch nicht, aber bei traditionellen Paraden wie zum Jahrestag der Oktoberrevolution sind schon mal weibliche Einheiten zu sehen, die an smarte Can-Can-Truppen erinnern. Da sieht doch mancher Panzer gleich viel freundlicher, beinahe wie ein Kabrio bei Sonnenschein aus, nur dass der Westen sich trotzdem irgendwie geblendet fühlt.

Auch die First Lady, Ljudmila Alexandrowna, gab sich anders, als man es gewohnt war.

Sie gewährte anlässlich einer Weihnachtsfeier für sagenhafte 6000 Waisenkinder ein sehr privat gefärbtes Interview.

Das Event fand just an dem Tag statt, als „Pikante Freundschaften" an den Handel ausgeliefert wurde, wozu – nach Information von Galina Dursthoff - Ljudmila Alexandrowna erwartet werden durfte, die ihren Segen hatte geben sollen. Statt ihrer sollen jedoch Offiziere des Inlandsgeheimdienstes FSB Stellung bezogen haben. Was die sagten oder taten, wurde mir unter Wahrung verlegerischer Geheimnispflicht nicht mitgeteilt.

Die Anwesenheit von Sicherheitspersonal auf prominenten Plätzen ist zu jeder Zeit gang und gäbe. Ljudmila Alexandrowna hatte ja nicht – offenbar gegen den

Willen Ihres Mannes - für eine Party in einem Hinterhof zugesagt – wenn sie denn überhaupt zugesagt hatte.

Nun ließ sie die Journalisten der „Komsoloskaya Pravda" wissen, dass sie auf Wahrnehmung als eigenständige Persönlichkeit Wert lege, eben keine Märchenprinzessin sei, sondern ein Mensch aus Fleisch und Blut. Sie wolle mit keiner anderen verglichen werden, auch nicht mit Naina Jelzina.

Der Hinweis barg zwar keine Beweispflicht, aber das Risiko, falsch verstanden zu werden. In meinem Buch war es noch die elegante und eloquente Raissa Gorbatschowa gewesen, die sie als Vorbild abgelehnt hatte. Das Ehepaar Gorbatschow stand im westlichen Ausland für Tauwetter nach dem Permafrost aus Hochzeiten der Sowjetära. In Russland wurden ihm die Frühlingswehen verübelt, als ob er vergessen hätte, den Flößern rechtzeitig Bescheid zu geben, wenn Sibiriens Ob und Jenessei über die Ufer treten.

Auch Wladimir Putin hatte sich anfangs über Gorbatschows Alleingang mit Helmut Kohl empört, sich aber besonders im Hinblick auf das Erstarken der Europäischen Union im Laufe der Jahre

in die Unabänderlichkeit ge-
fügt, um nicht bei den drei
westlichen Alliierten unnötig
Konkurrenzneid zu provozieren.
Mit den Gorbatschows hatte man
einen Burgfrieden geschlossen.

Warum jetzt Naina Jelzina, eine
demi moderne Babuschka, die zu
Ljudmila Alexandrowna wie eine
Mutter war, zum Gegenpol stili-
siert wurde, bleibt einem Außen-
stehenden – und davon gibt es
außer mir zig Millionen – un-
verständlich.

Weit und breit ist kein Grund zu
erkennen, warum „Komsomolskya
Pravda" diesen wichtigen Punkt
in dem bedeutenden Interview un-
kommentiert lässt.

War Jelzin etwa der Truppenabzug aus dem Osten Deutschlands verübelt worden? Auch Wladimir Putin hatte ihn nicht – oder doch nicht so schnell – gewollt, was ihn in schroffen Gegensatz zu Jelzin stellte.

Langsam und mit Bedacht baute Putin Vertrauen auf, wobei er guten Kontakt zu Naina Jelzina und Tochter Tatjana pflegte. Seine schnellschrittweise Beförderung zu einem der engsten Mitarbeiter Jelzins dürfte er unter anderem ihren Empfehlungen zu verdanken gehabt haben.

Ob Ljudmila Alexandrowna, die das Streben ihres Mannes nach

einflussreichen Positionen nur äußerst unwillig begleitete, damit nicht konform ging?

Ja, sie fechte mit ihrem Mann auch schon mal einen Strauß aus, wurde Ljudmila Alexandrowna in dem Interview in den Mund gelegt, aber es sei sehr schwierig, ihm argumentativ beizukommen. Nächtelange Debatten, eine russische Leidenschaft, sind in der Tat schwer vorstellbar, was sofort bestätigt wird.

In ihr strammes Programm passten nicht einmal mehr kulturelle Veranstaltungen, lässt die First Lady der Russischen Föderation im besagten Interview aus den Jahren der ersten Präsidentschaft ihres Mannes die Redaktion von „Konsomolskaya Pravda" wissen.

Wie das?

Kultur war für die herrschenden Klassen Russlands immer Pflicht, meistens auch Vergnügen, ja, sogar Privileg gewesen.

15

„Ein Wink aus dem Kreml"… war die am häufigsten gebrauchte Formulierung von Galina Dursthoff und Igor Sacharow, um zu erklären, warum es hier und da – nach Galina Dursthoff ohne Ausnahme fremdverursachte – Pannen oder erklärungsbedürftige Unterlassungen gab. Sie in einem Sündenregister aufzuspüren, wäre wahrscheinlich am ehesten in den Abteilungen Unter- oder Unbewusstsein erfolgreich gewesen, zwei beliebte Rückzugsreservoirs, die so verbreitet sind, dass sich dagegen eine Stecknadel im Heuhaufen wie eine

Parabolantenne auf einem wenige Quadratmeter großen Gartenhausdach – in Russland: Flüsterhäuschen – ausnimmt.

Es entstand der Eindruck, dass „der Kreml" – die Administration dort dürfte die Einwohnerzahl einer Kreisstadt haben – beinahe mit nichts anderem als mit bedeutungsvollen Hand- und Fingerübungen beschäftigt ist. Ob sie identisch sind mit der Gebärdensprache für Gehörgeschädigte – keine Ahnung, wäre aber für die Weltmeinung nicht unerheblich, um Synergieeffekte bei Übertragungen von Reportagen der Korrespondenten vor Ort anders organisieren zu können.

Mitten im Treiben: mein Verleger Fritz Molden, mal mit der „Agence Hoffmann", mal ohne. Mal mit Galina Dursthoff, mal, aber selten, mit mir, mal mit meinem Mann, alles durcheinander und kaum in einem als logisch auszumachenden Kommunikationssystem. Manchmal war schon nicht mehr ganz klar, ob er von dem deutschen Original des Buches sprach oder von der russischen Übersetzung, immer, wenn überhaupt, dann einen fulminanten Erfolg entweder im deutschsprachigen Raum oder in Russland prognostizierend.

Tatsächlich kam es in Russland zu einer Aufsehen erregenden

Platzierung auf der Literatur Bestsellerliste der erzkonservativen, hochklassigen „Iswestija", nachdem „Moskowskij Komsomolez", ein Massenblatt, das – mit starken Einschränkungen – „BILD" vergleichbar ist, bereits auf Basis von „Heikle Freundschaften – Mit den Putins Russland erleben" berichtet hatte. Es war PR-Arbeit von Galina Dursthoff gewesen, die – ähnlich wie bei der übereiligen Initiative, den Vertrag für eine Übersetzung zu ergattern – gar nicht gefragt gewesen war.

Den Rekord an Punktlandungen zur Uraufführung in Hamburg stellten Molden und ich auf.

Der „Spiegel" - Moldens Spiel-
wiese - war unter Verletzung der
Sperrfrist, mit einem zweisei-
tigen Artikel vorgeprescht, der
kurz vor der Präsentation in
Hamburg erschien und die Meinung
in Richtung Weibergewäsch ab-
wertend manipulierte, jedoch
genau in der Mitte des Heftes
platziert war, so dass er sich
dem Leser geradezu aufdrängte.

Die Springer Presse half - unter
Einhaltung der Sperrfrist - im
„Hamburger Abendblatt", in der
„Welt" und in „Welt am Sonntag"
einen profunderen Eindruck zu
vermitteln.

„Pikante Freundschaften", für die Galina Dursthoff zuständig war, landete auf der „Iswestija" Bestsellerliste nach dreimal „Harry Potter", ihrem Lieblingshelden, aus dem sie versuchte einen Russen zu machen, auf Platz vier.

Sie übermittelte mir die Nachricht von dem Triumpf fernmündlich und sprudelte sie förmlich heraus. Als sie bei mir damit keine Euphorie hervorrief, gab sie sich herb enttäuscht.

Ich bestand darauf, die „Iswestija" Platzierung Schwarz auf Weiß zu sehen. Sie schickte mir als Beweis ein Fax. Es war nicht im Geringsten geeignet, meine Zweifel zu zerstreuen.

Die russische Faxadresse des Absenders war von ihr handschriftlich nachgebessert worden. Eine weitere Erklärung wurde angekündigt, die jedoch nie kam.

Ob im Zusammenhang mit der „Iswestija" Platzierung zu verstehen ist, dass der Verlag von einer Presseagentur angerufen und nach der Auflagenhöhe gefragt wurde – keine Ahnung.

Warum das Verlagsbüro Molden auf die Anfrage hin eine von der mit mir vertraglich festgelegten Höhe abweichende Zahl als

anonyme Angabe übermittelte –
erst recht keine Ahnung.

Bei Igor Sacharow schwankten
Angaben über die Auflagenhöhe
ebenfalls, wie ich späteren Be-
legen entnehmen konnte, allerdings weit stärker als bei Molden. Das warf bei mir die Frage
auf, ob die Gesamtanzahl der ge-
druckten Exemplare ab und an
einer Revision unterzogen wurde, um das darauf fällige Honorar irgendwann zu überweisen –
oder auch nicht.

Genauso undurchsichtig war die
Planung beim follow-up für die
Vermarktung des Buches.

Sacharow dachte laut an eine
Taschenbuchausgabe von „Pikante

Freundschaften", wenn die Hardcover Auflage abverkauft sein würde, die besonders in der Provinz gefragt war. Das erstaunte mich nicht wenig.

„Du verstehst nicht, Taschenbücher lassen sich in der Provinz besser verkaufen."

„Du verstehst nicht" verfolgte mich geradezu…

„Entschuldigung. Sag mir Bescheid, wenn es soweit ist."

Ich war der Meinung, dass es für eine Taschenbuchedition eines Zusatzvertrages bedurft hätte.

Der Bescheid kam nicht. Das letzte Hardcover Exemplar, von

welcher Auflage auch immer, wurde offenbar nie verkauft.

Woran lag es?

An der Provinz!

Eine spätere Notiz von Sacharow zeigte es. Ich hatte also doch richtig verstanden. Hardcover war für die Provinz zu teuer.

Ob es dann Sinn gemacht hat, dort die letzten Hardcoverexemplare loszuschlagen?

Waren die Großstädte mit der relativ kleinen Auflage bereits übersättigt gewesen?

Oder hatte es bereits einen Austausch Hardcover gegen Paperback gegeben?

16

Das Erscheinungsdatum eines Buches ist das eine, seine Präsentation, so es überhaupt eine gibt, das andere.

Auch das russischsprachige Buch sollte glanzvoll präsentiert werden, wurde von Galina Dursthoff vollmundig verkündet. Die Moskauer Buchmesse im Herbst war dafür als Plattform ausgeguckt worden. Ich sollte dazu nach Moskau reisen. Die Vorbereitungen dafür waren bereits getroffen worden.

Die Moskauer Buchmesse fand ohne „Pikante Freundschaften" statt.

Igor Sacharow versuchte nach dem Flop, die entgangene Publikumswirksamkeit mit einem Interview in einer großen russischen Internetzeitung auszugleichen, um eine Verkaufspromotion zu erreichen. Offenbar trotz angeblicher Kremlintervention erfolgreich.

Galina Dursthoff sagte, dass die Bücher sogar bereits auf dem Schwarzmarkt zu einem fantastischen Preis gehandelt würden.

Wie würden sich die fantastischen Preise in welchem Honorar bemerkbar machen?

War „Pikante Freundschaften" inzwischen verboten worden?

Sacharow selber klemmte sich die mir zustehenden Belegexemplare unter den Arm und fuhr damit nach Berlin – wo er sie gegen Bares unter die Leute brachte, was ich zunächst originell fand, dann jedoch Grund hatte, die Originalität zu beanstanden, wie auch die Originalität des Buches selber auf sehr schlechtem Papier, was mich nicht hätte Wunder nehmen sollen.

Ich hatte eine Vorstellung von den wirtschaftlichen Engpässen in den ersten Jahre nach der Transformation von der Sowjetunion in die Russische Föderation vor Ort mitbekommen.

Papier, erst recht gutes Papier, war kaum zu beschaffen.

Wie zu Revolutionszeiten und in den für Russland Jahrzehnte andauernden Nachkriegsjahren, als die Not zwar noch um ein Vielfaches größer war und Russland als das geschundenste Land im Machtkampf gegen den Faschismus links liegen gelassen wurde und selber zusehen musste, dass es den Wettlauf um den physischen und geistigen Hungertod gewann, war die Erstellung eines Buches ein Kraftakt an sich, der viel Einsatz mit Fantasie verlangte.

Die fehlte mir in dem Moment, als ich das Buch in den Händen hielt. Die deutsche Version aus

dem Molden Verlag war auf ungefähr die Hälfte zusammen ge-
schrumpft.

Galina Dursthoff sagte mir, der
geringere Buchumfang wäre damit
zu erklären, dass es in der
russischen Schriftsprache keine
Hilfsverben gibt.

Ich war ernüchtert.

„Ich gegangen" ist allemal kür-
zer als „Ich bin gegangen."

Kann wirklich nicht sein, was
nicht sein darf?

Wo, um Himmelswillen, bleibt da
für uns das unverzichtbare,
Zeilen schindende Hilfsverb, das
für den sparsamen Russen unter
den Tisch fällt?

Ich habe das Buch nicht noch einmal umgeschrieben, um zu überprüfen, welches Volumen es in der deutschen Sprache ohne Hilfsverben hätte. Es wäre aber interessant gewesen.

Ich habe noch nicht einmal die einzelnen Kapitel nachgezählt, geschweige denn prüfen können, ob die in „Pikante Freundschaften" abgedruckten in der Reihenfolge erschienen sind, wie in „Heikle Freundschaften – Mit den Putins Russland erleben".

Der Steg zwischen Verstehen und Verständnis einerseits sowie Missverständnis und Gedankenlosigkeit andererseits ist denk- oder undenkbar schmal.

Ich hätte Igor Sacharow gerne persönlich dazu gesprochen und hatte Galina Dursthoff bereits zuvor mehrfach gebeten, den Kontakt zu meinem russischen Verleger herzustellen. Damals ging es um die Präsentation auf der Moskauer Buchmesse. Ich wäre dafür zunächst schon mit einem direkten Mail- oder Telefonkontakt zufrieden gewesen statt stets darauf warten zu müssen, bis Galina Dursthoff die Nachrichten gefiltert hatte, als ob sie und nicht Sacharow entscheiden würde.

Jetzt, wo er in Berlin war – Galina Dursthoff würde auch dort sein - könnten wir uns im Trio gegenüber sitzen und über Zukünftiges beraten. Sie wollte Bescheid sagen, wann.

Sie sagte nicht Bescheid.

Wie lange Igor Sacharow mit den Büchern auf Reisen war und ob er überhaupt von Deutschland und Holland, woher sein Schwiegersohn stammte, zurückkehrte – keine Ahnung. Galina Dursthoff sagte mir irgendwann, Sacharows Frau Irina würde die Verlagsgeschäfte führen.

17

Manchmal kommt es zu Komplika-
tionen, die in ihrer Häufung von
sich daraus entwickelnden Ran-
künen als zweierseits und zwan-
dererseits bezeichnet werden
könnten.

Das Risiko, den Pfad der Tugend
des unverfälschten Wiedergebens
von Gedanken zu verlassen, ist
immens hoch und wird immer höher, je mehr daran gedreht und
gewendet wird. Wie etwa in
„Moskowskij Komsomolez" mit dem
Ohr immer am Busen der russischen Volkssprache und vertreten durch der Sportredakteur
Alexander Pawlow in Köln, der

mir von Galina Dursthoff empfohlen worden war.

Ich hörte mich in längeren Unterhaltungen, in denen er von sich erzählte, in sein holperiges Deutsch ein. Jung wie er war, schien ihm Politik nicht gleichgültig, aber lästig, weil unglaubwürdig.

Das Vertrauen wuchs. Es hätte nicht zu einem Bruch kommen müssen. Dennoch kam es dazu, als die Gemengelage für mich zu unübersichtlich wurde.

Er hatte nach einiger Zeit mühevoller Suche ein Interview mit mir an „Raduga" verkaufen können, wie er vereinbarungsgemäß vermeldete, was mich freute.

„Raduga" war mir als eine Buchhandlung bekannt, die ihren Standort im Russischen Haus in Berlin an der Friedrichstrasse hatte. Bald nachdem Putin Präsident geworden war, verzog sie mitsamt Kunstbänden, Ikonen- und anderen Kunstpostkarten, alten Lackmalereien und anderen wertbeständigen Kleinodien der slawischen Kunst in eine Straße nicht völlig außer Reichweite vom Russischen Haus.

Hielt sich „Raduga" eine eigene Internetzeitung?

„Raduga" heißt „Regenbogen". Das eröffnet ein vielseitiges Spektrum, was schön sein kann, aber nicht sein muss.

Ich war empört, als ich feststellen musste, dass es sich bei „Raduga" um eine Internet Boulevardzeitung von besonderem Regenbogenniveau handelt. Ich hätte bei Kenntnis um das Genre von dieser „Raduga" meine Zustimmung für einen Verkauf des Interviews, die ich mir für jede einzelne Transaktion ausbedungen hatte, verweigert.

„Raduga" hatte wichtige Textpassagen des Interviews unvollständig wiedergegeben, wodurch Verzerrungen entstanden.

Eine der zentralen Fragen Pawlows war gewesen, ob ich meine, dass Putin Russisch ist. Ich hatte Intrige gewittert und mir den Grund der Frage erklären lassen, was in einen ergiebigen Disput mündete, während dessen ich versuchte, die Hintergründe der Fragestellung einzukreisen.

„Meinen Sie, dass Putin Preussisch ist?", fragte ich.

Er hatte bejaht.

Eine der ersten Putin Biografien hatte den russischen Präsidenten als „Der Deutsche im Kreml" bezeichnet.

War das in Russland negativ belegt?

Ich hatte daraufhin einerseits vorgebaut und andererseits versucht gegenzusteuern, indem ich klar zu verstehen gegeben hatte,

dass ich kaum einen patri-
otischeren Russen denn Wladimir
Putin erlebt hätte.

Pawlow hatte zu einer noch
weitaus tückischeren Frage
ausgeholt:

„Ist er Russland?"

Ich hatte sicher gehen wollen,
dass er mich versteht und meine
Gedanken in einfaches Vokabular
gekleidet:

„*Er gehört zum russischen Volk,
ist also ein Teil von Russland,
allerdings ein sehr zentraler
und beachtlicher.* "

Seine herausragenden Merkmale
wären nach meinem Dafürhalten
beinahe unerbittlicher Fleiß,

sowie Denk- und Handlungsdis-
ziplin, hatte ich weiter
ausgeführt. Das seien allerdings
auch Charakterzüge, die – ge-
rechtfertigt oder nicht – Deutschen als nationale Eigenschaf-
ten nachgesagt werden.

Der Beitrag hatte bebildert
werden und in „Evropa", einem
russischsprachigen Kultur- und
Lifestyle Magazin eines Familien
geführten russischen Verlages
mit Sitz in Berlin, erscheinen
sollen. Es war nicht dazu
gekommen, worauf Pawlow auf
Suche gegangen und bei „Raduga"
gelandet war.

Ich stellte Pawlow zur Rede.
Seine simple Entschuldigung:

Er hat nicht gewusst, was die Redaktion von „Raduga" aus seinem Material machen würde.

Ich informierte Galina Dursthoff. Sie war gerade voll damit beschäftigt, an einer kleinen Palastrevolution zu stricken, hatte aber wohl eine Masche fallen lassen, so dass Frau Bender von der „Agence Hoffmann" rechtzeitig Lunte roch, worauf sie aus der Vertragsbindung mit der Agence entlassen und mir für meine Suche nach Verlagen im Ausland zur angeblich freien Verfügung gestellt wurde.

Ich machte tunlichst keinen Gebrauch davon, war aber meinerseits darauf bedacht, den

Kontakt so weit wie möglich zu straffen und machte einen diesbezüglichen Vorstoß, als ich eine Abrechnung erhielt, die mit Vollmacht von Igor Sacharow und auf Basis seiner Vorgaben erstellt worden war: eine formlose Aufstellung von Zahlen auf einem Blankoblatt.

Beigefügt war eine Notiz, in der es hieß, Molden habe sie wegen der fälligen Abrechnung angerufen. Sie habe ihm die Zahlen leider herausrücken müssen, schicke sie mir aber auch.

Selbstverständlich hatte Molden ein Recht auf Abrechnungen.

Selbstverständlich hatte auch ich ein Recht auf Abrechnungen.

Der Zeitrahmen wurde nach Galina Dursthoffs Gutdünken gewählt und gab ebenso Anlass zu Beanstandungen wie ausbleibende Übersetzungen von Zeitungsartikeln aus der russischen Presse, die ich mir selber aus dem Internet geholt hatte, was großteils damit abgewimmelt wurde, sie habe keine Zeit dafür, obwohl es Vertragsbestandteil war.

Ich drängte weiter auf eine Übersetzung des Interviews mit „Moskowskij Komsomolez", die ich bereits angemahnt, aber immer noch nicht erhalten hatte. Unter Umständen könnte ich damit bei den von mir selber moderierten

Lesungen arbeiten, um die innenpolitische Lage in Russland besser erklären zu können, wenn ich gefragt würde. Die Wahrscheinlichkeit wuchs mit zunehmend kritischen Berichten über die Situation in Russland.

„Wie ist es um die Pressefreiheit in Putins Russland bestellt", war denn auch das Thema einer Diskussions- und Informationsrunde in einem Journalistinnenverband, deren Vorsitzende Betriebsratsvorsitzende des Bauer Verlages war.

Ich fühlte mich zu befangen, um in der Journalistinnenrunde argumentieren zu können, so dass ich die Wortführerschaft gerne einer russischen Teilnehmerin überließ, die sich geradezu darum drängte. Sie hatte zum Thema Pressefreiheit in Putins Russland eine Dissertationsschrift angefertigt, die eine Kampfansage an Putin war.

Mein Bestehen auf einer Übersetzung des Artikels in „Moskowskij" hatte also mehr als einen guten Grund, zumal mir Galina Dursthoff inzwischen die Übersetzung des großen Internet Interviews mit Sacharow per Telefon in die Feder diktiert hatte, worin er gegen die Regierung Putin vom Leder gezogen hatte.

Sie erbat sich von mir eine Papierkopie meiner Niederschrift ihrer Angaben, die ich in einem Freistilstenogramm aufgenommen hatte, um daraus einen Langtext machen zu können, der – nach Rückkoppelung mit Galina Dursthoff – tatsächlich dem Inhalt des Telefonats folgte.

Den Artikel einer russischen Zeitung, in der ich als „Arschkriecherin" bezeichnet werde, bekam ich von einer Russin, einer promovierten Germanistin der Leningrader Universität, gedolmetscht.

18

Pawlow, so hieß es schließlich von Galina Dursthoff, sei unterwegs, das Band mit dem Interview jedoch in seiner Wohnung, was irrelevant war. „Moskowskij Komsomolez" hatte ohnehin kein Wortinterview abgedruckt, wie ich herausfinden konnte, nachdem ich mir die druckfrische Zeitung vor Wochen an einem Kiosk in Hamburg gekauft hatte.

Die Platzierung des Artikels: hervorragend. Erste Seite mit dicker Überschrift.

Der Aufmacher: dégoutant. Die Überschrift: lang und dick wie eine ausgewachsene, voll gefressene Boa Constrictor und mit viel zu viel Druckerschwärze.

Die Aussage der Überschrift: Käse. Nichts als Käse.

Ljudmila Alexandrowna Putina, so wird dem russischen Volk zu verstehen gegeben, sei die größte Käsefreundin aller Zeiten. Käse ist die Nummer eins in ihrem Leben - gleich nach ihrem liebsten Mann und den Kindern.

Wenn die Überschrift auf den Inhalt des Artikels schließen lassen konnte, dann war er ein sogenannter Brüller. Er war es wirklich.

„Moskowskij Komsomolez" hatte sogar einen beinahe unglaublichen Vorgang in der Klasse des humanistischen Gymnasiums „Johanneum" geschildert, in den die jüngere der beiden Putintöchter involviert gewesen war.

Die Klassenlehrerin hatte die Schüler und Schülerinnen ausserhalb der vorgeschriebenen Diskretionszone aufgefordert, die Berufe der Väter preiszugeben, worauf das Kind voller Stolz geantwortet hatte: „Mein Vater war Spion."

Ob sie tatsächlich „war" und nicht „ist" sagte, hätte keine mildernden Umstände ergeben.

Die Klassenlehrerin hatte sich bemüßigt gesehen, der Schulleitung von der feindlichen Mithörerin in der gymnasialen Unterstufe Mitteilung zu machen.

Es wurde ein Elternabend einberufen, wo man sich einer vertiefenden Diskussion hingab und beschloss, nichts zu unternehmen.

Was denn wohl?

Sind Aufklärer wegen Aufklärens in eigener Sache abzustrafen?

Der Vorgang war bewegend und hätte einer intensiven und einfühlsamen Betrachtung bedurft.

Wo blieb ein bereinigender Kommentar der First Lady, die mir seinerzeit in Hamburg als erste von dem Vorgang berichtet hatte?

Kein Piep und kein Papp aus ihrem First-Lady-Büro, und das obwohl sie bereits gut gemeinte Nachhilfe in bilateraler Diplomatie bekommen hatte.

Molden hatte mich ermuntert, einen Brief an die Präsidentengattin zu schreiben. Für ihn als Wiener, einen Diplomaten der Republik Österreich, war das aus historischer Sicht der gangbarste Weg, um ins Gespräch zu kommen, falls alle anderen Gelegenheiten verpasst worden sein sollten.

Er hatte übersehen, dass es sich um eine Adresse handelte, die sich auf Methoden festgelegt zu haben schien, deren Sinn wohl in erster Linie die First Lady Russlands kannte.

Ich weigerte mich.

Molden redete auf mich ein. Ich blieb standhaft und versuchte klar zu machen, dass nicht ich renitent sei, sondern die Gegenseite.

Der Klügere gibt nach.

Warum ich? –

Gebt der anderen Seite doch auch eine Chance!

Mein Mann schaltete sich ein. Er war nicht himmelhochjauchzend dafür, dass ich schreibe sollte, aber auch nicht dagegen. Er fand es „nicht schlimm", wenn ich Richtung Ljudmila Alexandrowna ein Lebenszeichen von mir geben würde, wie Hamburger so sind, wenn sie etwas eigentlich für ganz gut erachten.

Ich überlegte und schrieb ein paar Zeilen. Handschriftlich, aber leserlich. Ich war mir selber fremd.

Das Briefchen schickte ich an Molden, der einen „Postillon d'amour" besonderer Art dafür ins Visier genommen hatte, um die Zeilen und das Buch an Ljudmila Alexandrowna Putina, Moskau zu expedieren: Ljudmila Narusowa, die Witwe von Sobatschak, eine gute Bekannte von ihm, die als russische Regierungsbeauftragte auf dem Weg nach New York war, wo sie die Interessen sowjetischer NS-Zwangsarbeiter in einer internationalen Claims Konferenz vertreten sollte. Auf dem Rückflug wollte sie erneut Zwischenstopp in Wien machen und die Post an Bord nehmen. So Fritz Molden.

Ausgerechnet Narusowa! Ob das hilfreich war?

Ich meinte mich zu erinnern, dass Ljudmila Alexandrowna und Ljudmila Narusowa auf nicht besonders gutem Fuß standen.

Als mir nach einigen Wochen aus Wien die Meldung übermittelt wurde, Ljudmila Alexandrowna habe sich gefreut, war ich zweckskeptisch. Anders als für Molden, spielte es für mich zwar eine große Rolle, ob es der Wahrheit entsprach, für die Vermarktung des Buches kaum. Einiges in Moldens und Sacharows Zahlenwerk sprach dagegen.

19

Ich wandte mich mit meinen Zweifeln und Sorgen an ein junges russisches Paar aus St. Petersburg, das kurz zuvor von sich aus telefonisch Kontakt zu mir aufgenommen hatte.

Der Auftrager?

Angeblich keiner.

Eine der ersten Fragen des Petersburger Duetts:

„Werden Sie ein zweites Buch schreiben."

Ich verneinte. Es gab – außer den nicht veröffentlichten rund 400 Seiten und einer persönlich schwierigen, aber doch brauchbar objektiven Betrachtung der heiklen Geschehnisse vor und nach der Veröffentlichung des Buches – nichts Berichtenswertes, womit ich die Beziehungen zwischen Deutschen und Russen hätte verbessern helfen können. Alles schien rund zu laufen.

Nach einigen Wochen traf ich die beiden wieder. Ja, Rechnungen und Abrechnungen müssen auf einem regulären Geschäftsbogen ausgedruckt werden, teilten sie mir mit.

Wichtig wäre die Angabe der Firmennummer. Außerdem hätten sie herausgefunden, dass „Pikante Freundschaften" in einem rosa farbenen Katalog in der Schweiz angeboten werde.

„Na, so was!"

Gibt es in der Schweiz einen Versandhandel mit russischsprachigen Büchern?

Wohin wird geliefert?

Die Recherche dafür oblag mir. Die beiden hatten einen Katalog mitgebracht und händigten ihn mir zur weiteren Nutzung aus. Ich hätte jedoch einen Fachanwalt dafür bemühen müssen und sah davon ab, weil das Unterfangen ergebnisoffen geblieben wäre. Russland galt zu der Zeit als beinahe rechtsfreier Raum.

20

Der Probleme waren kein Ende.

Wieder und wieder wurde ich auf die Resonanz aus dem Kreml an-gesprochen. „Haben Sie etwas von den Putins gehört", war Stan-dardfrage.

„Nein", ich habe nichts gehört. Oder auch „Ich warte noch – genau wie Sie. "

Das überbrückte ein halbes Jahr, ein Jahr, sogar zwei und drei Jahre mit Erklärungen, die mir selber immer schwerer fielen. Das Vertrauen fing an bedenklich zu wackeln. Ich lehnte jeglichen

Kommentar ab. Das machte viele noch misstrauischer.

Meine Selbsthilfe: Ich legte 2003/2004 ein anderes Ost-West Projekt auf, das – anders als bei dem Buchprojekt „Heikle Freundschaften – Mit den Putins Russland erleben" - Kultur in den Vordergrund stellte und Furore machte: „Schwimm! Gaston schwimm!".

Die Prominenz hier: ein Seebär.

Die Medien begleiteten das Projekt wie bei „Heikle Freundschaften – Mit den Putins Russland erleben" vor und während einer Musiktheater Tournee mit deutschen und russischen Künstlern in Hamburg, Schleswig-Holstein und Sachsen unverändert aufmerksam.

Von den Putins – immer noch kein Zeichen.

2014 – viel Wasser war die Elbe hinunter geflossen – erhielt ich einen Anruf von Prof. Hans-Joachim (Hajo) Frey, der als Kulturbotschafter Russlands im Einsatz ist. Er richtete mir Grüße von Präsident Putin aus.

Die Worte hörte ich schon, allein es fehlte mir zunächst der Glaube. Ich hätte ihn gerne gehabt, aber…

„Danke, das freut mich."

Ich habe wohl zu extrem ver-
halten reagiert.

Putin habe sich nach einigem
Grummeln nun doch endlich zu dem
Gruß durchgerungen, wurde mir
weiter erklärt.

Mir ist sehr daran gelegen, einer beschädigten Beziehung eine
zweite Chance zu geben. War sie
das?

Ich sähe keinen Grund für Grummeln, ließ ich wissen. Meine
Einstellung zu Russland sei
jedoch unverändert.

„Ich wünsche dem Präsidenten der
Russischen Föderation eine
glückliche Hand bei allen weiteren wichtigen Vorhaben."

21

Im Molden Verlag schien es zu kriseln. Einige der alten Mitarbeiter hatten gekündigt. Neue kamen – und gingen auch wieder. Die Honorarzahlungen kamen erst schleppend, dann gar nicht.

Mein Mann mahnte, mein Mann drohte. Die Abrechnungen kamen, wenn auch mit enttäuschendem Resultat. Man hätte glauben sollen, Strippen ziehen und Theaterdonner würden sich mehr bezahlt machen, wenn dabei Profis im Spiel sind, die es waren.

Ein paar Jahre gingen ins Land, die Rückgabe der Autorenrechte an mich wurde fällig. Nichts ruckte und rührte sich, weder bei Molden noch bei dem Duo Galina Dursthoff/Igor Sacharow.

Ich mahnte. Nichts. Mein Mann mahnte. Molden gab schließlich die Rechte zurück. Die Bilder behielt er. Es stand auch noch ein höherer Honorarbetrag aus, der längst überfällig war.

Keine schlüssige Antwort.

Dann:

Der Verlag wurde abgewickelt. Der Verwalter, ein Wirtschaftsprüfer, war Verleger eines neuen Verlages, der aus dem alten Molden Verlag hervorgegangen war. Er weigerte sich, für eine noch

ausstehende Forderung verantwortlich zu zeichnen.

Wir schalteten mit Hilfe vom
Herrn Dr. Osladil eine Wiener
Rechtsanwaltssocietät ein, die
mit nur einem Schreiben einen
nicht gerade sattsam beglük-
kenden, aber immerhin schlanken
Vergleich erreichte.

Die Rechte an der russischen
Ausgabe bekam ich nach einem
Brief meines Mannes an Igor Sa-
charow per Adresse Galina Durst-
hoff zurück. Auch hier: die
Bilder fehlten.

Fritz Molden ist im Jänner 2014
in einem begnadeten Alter ver-
storben. Wir haben uns nach den

Präsentationen von „Heikle Freundschaften – Mit den Putins Russland erleben" nicht mehr gesehen und – außer vermeidbaren Verbal- und Formalscharmützeln – auch nicht mehr gesprochen.

Der Molden Verlag, Wien, ist innerhalb des Multimediakonzerns Styria wieder auferstanden.

Bitte umblättern®

Ordinarius Veccius

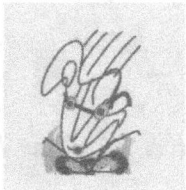

Weiterführende Bücher von Irene Pietsch

Schwimm! Gaston schwimm!

Gaston ist eine Robbe mit sehr menschlichen Zügen. Er genießt das Leben, ist schlitzohriger Anführer der Seebärenjugend im Prager Zoo und macht sich keine Sorgen um seine Zukunft. „Herzensdieb" nennt ihn Irene Pietsch, was auch be-inhaltet, dass seine Ansichten oft nicht besonders tiefgründig sind und seine Aktivitäten nicht immer seriös…

GERMA PRESS Verlag Hamburg 2003

Dreimastbark Robbenklasse

Das Logbuch eines Kulturprojekts

Was treibt die Helden der Fabel um, Notwendigkeiten von Erfindungs-reichtum in Zeiten der Not zu er-zählen?

Die Lösung: ein Jahrestag.

Mandamos Verlag Hamburg 2017

Gattissimo!

...ist die Geschichte einer ungewöhnlichen Partnerschaft.

Mandamos Verlag Hamburg 2017

DoKa

Landarzt mit Zukunft, Russlands Beitrag zur Kultur Europas in Modest P. Mussorgskys „Bilder einer Ausstellung", ist außerdem Dramaturg des großen Rätselratens um Nachspielzeiten in einer bewegten Familiengeschichte.

Mandamos Verlag Hamburg 2016

Jabo Clic

Im Mittelpunkt steht die Frage, ob die Welt ohne die Kreation des Tafelspitzes besser geworden wäre. Herr Grotschy gibt fachkundige Antwort.

Mandamos Verlag Hamburg 2016

Jabo Noi

Geschichten mit Skandalen aus Hamburg-Rotherbaum, recherchiert und erzählt von Herrn Grotschy.

Mandamos Verlag Hamburg 2017

Jabo Port

Eine Traumhochzeit im Stephansdom zu Wien, an der tout le monde teilnimmt und keiner etwas davon wissen darf.

Die Herren Grotschy und Smaragd ermitteln.

Mandamos Verlag Hamburg 2017